# 失人絮语

SHIREN XUYU

马广——

著

百花洲文艺出版社
BAIHUAZHOU LITERATURE AND ART PRESS

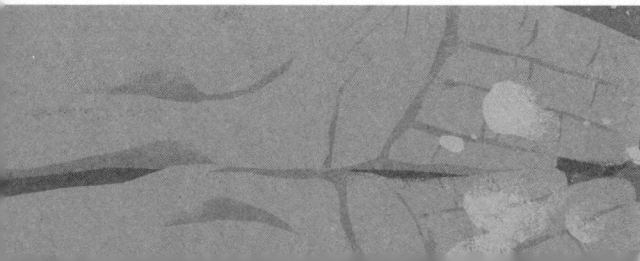

**图书在版编目（CIP）数据**

失人絮语 / 马广著. -- 南昌 : 百花洲文艺出版社,2023.4
ISBN 978-7-5500-4838-6

Ⅰ.①失… Ⅱ.①马… Ⅲ.①长篇小说 – 中国 – 当代 Ⅳ.①I247.5

中国版本图书馆CIP数据核字（2022）第227749号

# 失人絮语

SHIREN XUYU

马广 著

| | | |
|---|---|---|
| 出 版 人 | 陈 波 | |
| 选题策划 | 萌芽杂志社 | |
| 责任编辑 | 蔡央扬　郝玮刚 | |
| 特约编辑 | 吕 正　唐一斌 | |
| 书籍设计 | 黄敏俊 | |
| 封面插画 | 龚文婕 | |
| 制 作 | 何 丹 | |
| 出版发行 | 百花洲文艺出版社 | |
| 社 址 | 南昌市红谷滩区世贸路898号博能中心一期A座20楼 | |
| 邮 编 | 330038 | |
| 经 销 | 全国新华书店 | |
| 印 刷 | 湖北金港彩印有限公司 | |
| 开 本 | 720mm×1000mm 1／32 印张 7 | |
| 版 次 | 2023年4月第1版 | |
| 印 次 | 2023年4月第1次印刷 | |
| 字 数 | 150千字 | |
| 书 号 | ISBN 978-7-5500-4838-6 | |
| 定 价 | 39.80元 | |

赣版权登字 05-2022-250

邮购联系 0791-86895108
网 址 http://www.bhzwy.com
图书若有印装错误，影响阅读，可向承印厂联系调换。

# 目录

# 第一章：一个酒鬼的自白

没人知道那些虫子是什么时候来的，打哪来的。房间里只有我，我不知道，所以我猜没人知道。也不绝对，无法排除是有人放进来的，那样的话，放的人就应该知道，说没人知道就不成立了。可是为什么会有人要往我房间里放虫子呢？我没有仇人，甚至连朋友也没有，我指的是那种恶作剧放虫子的朋友。这里的"没有"是现在时，也许过去曾经有过，我不确定。

我认识一个人，他叫田仙一。我们初次见面是在一家电影公司的编剧会上。他瘦高，能侃爱笑，喜欢社交，当场加了所有人的微信。说实话，我一开始就不喜欢他。后来也是他主动联系我，邀请我与他合作，我是看在钱的分上，才没拒绝。不得不承认，他路子很野，谈项目有一套，经常口吐莲花，甲方老板被哄得团团转，催着要我们出故事大纲，但问题是，他向来只动嘴，动笔的事儿全部推给我。加上时运不济，影视行业热钱退潮，三个项目半途中止，拿到的钱少之又少，我憋火又泄气，决意退出，出于礼貌，请他吃饭，告诉他就此两散。那天我俩第一次喝酒，几杯下肚，酒酣耳热，他拍着桌子说，谁他妈愿意做编剧，老子是诗人，你信不信？我说信，至少是游吟诗人。他说，没错，就是他妈的游吟诗人。我们喝到半夜，大醉而归。再之后，我们依旧见面，目的明确，就是为了喝酒，不是在他家，就是在我家，偶尔找爿店，多半是为了喝啤酒。我俩只喝鲜啤。当然我们也聊天，天南地北什么都聊，不过没正事儿，都是闲扯淡，没有真知灼见，也很少有心里话。诚实地讲，我始终没有把他视作朋友，很多次我嫌他烦，嫌他吵，想过甩掉他，只因为他的酒不错，才没那么做。我们是两个酒鬼，我们一起喝酒，我们是酒友，重点是酒，与友情无关。之前我都是这么想的。直到上周，我才开始认真地，重新考虑我和他的关系，但一切都已经晚了，因为他死了，抑郁，自杀。如果他还活着，我想，他可能会是那种喜欢恶作剧往朋友房子里放虫子的家伙。他给我讲过，小学的时候曾经在同桌的铅笔盒里放过死蚂蚱。其实我根本不想提到他，只是话赶话说到了。我觉得他妹妹在他葬礼上说的话很有道理：死人就是用来遗忘的。他妹妹叫什么来着？没记住。很好。

让我们忘了他吧，继续说虫子。

那些虫子，他们长得很小，黑芝麻一样，闪着油亮亮的光泽，从墙角的缝隙里钻进来，像纪律严明的军队，头尾相接，排成一条直线，沿着墙缝爬到台灯的上方。台灯也是黑色，宜家买的，很多年了，我搬家几次一直带着，很少使用，灯罩上全是灰。当虫子到达与灯罩齐平的位置，他们开始向外延伸，第二只举起第一只，第三只再举起第二只，以此类推，仿佛墙上长出一根黑草，垂直向灯罩推进。很快，他们便在墙和灯罩之间搭起一座不停移动的桥梁，然后又沿着灯罩爬到灯杆，再笔直向下。有那么一刻，我想凑过去看看，究竟是什么虫子，但马上又放弃了，比起知道他们是什么，我更想知道他们要干什么。为了不惊动虫子们，我继续一动不动地躺在沙发上，看着他们慢慢行军。他们在灯杆和沙发之间又搭了一座桥，又拐了一个直角弯，向我爬来。

他们好像特别喜欢直角，或者他们只能拐直角，一群直来直去的虫子，有意思。

我这么想时，他们已经爬到了我的手边。又是直角弯，他们爬向我的手指。之后奇怪的事情发生了，虫子消失了。他们没有碰到我，我也没有碰到他们，就在我的手掌下面，虫子们凭空消失了。我坐起来，抬起左手，沙发上没有洞，他们并没有钻到沙发里面。我跪在沙发上仔细观察，虫子们还在源源不断地爬来，爬到我刚才左手的位置，在那里失去了踪迹，仿佛爬进了一个我看不见的虫洞，进入了另一层空间。我的手感觉到一阵痒痒，不是那种被蚊子叮咬后的痒，而是腿麻了，好像有虫子在血管里东钻西窜的那种痒。我抬起手，发现竟然真的是因为虫子。不知道什么时候，从什么地方，虫子们钻进了我的手里，正在皮肤下一点一点地向前蠕动。不疼，痒的感觉也是断断续续，唯一的症状是，我的手在不受控制地微微颤动，就像虫子的爬行引起了肌肉的共鸣。我并不害怕，也不慌张，就是有点恶心。小时候我有一段在乡村生活的经历，一次下河摸鱼被蚂蟥叮过，情况和现在类似，都是有虫子进入了我的体内。硬要对比的话，还是蚂蟥恐怖一点。我当时差点吓哭了，是一个陌生男人救了我，他用烟头狠狠地烫那只死命叮在我大腿内侧的蚂蟥，直到它扭曲着缩成一团，掉落在地上。兴许用烟头也能把这些虫子逼出来，但问题是，我不抽烟，也不想出去买烟，外面下着雨，我不想被淋湿，一个雨点也不想。除此之外，还有一个问题，蚂蟥是一长条，一个整体，你烫外面的，在你体内的才有感受，赶紧缩出来，可是现在我手里的虫子——已经爬到小臂了——是分开的，烫外面的根本无济于事，也许只能隔着我的皮肤，一个一个地烫他们，那样太费事了，不如用火烧，反正都是加热，一把火全部烧出来。

我记得家里有打火机，可是找了半天也没找到。

手机不合时宜地响起来，我看也没看。我不想说话，不管是谁，我妈还是房产中介，都没什么可说的，而且虫子已经爬到了臂弯处，显然找火更重要。我需要的是火，而不是打火机。我走向厨房，那里有煤气炉盘，可以轻易点火，比打火机更大更好的火。我喜欢火。小时候在农村，到了秋天常常有一项活动叫烧荒，说白了就是到野外去放火，把田间地头儿的野草烧掉。那是乡村生活里我最爱的部分，太阳即将落山，站在空旷的田野上，看着火光向平原的远方蔓延，感觉所有的烦恼也像野草一样化为灰烬。虽然小孩子并没有什么真正的烦恼，但那种闹心事儿被统统烧光的感觉总是让人怀念。

有人敲门，我猜是快递员。在这个城市里，会主动来我家的，除了田仙一，只有快递员，可是我已经很久没买东西了，自从戒酒以来，就没在网上买过东西，我十分肯定，因为我在网上买的都是酒。那么，这个快递员送的东西肯定不是我的。我扭动炉盘的打火器，一下，两下，火苗烧起来。虫子们已经爬上了肱二头肌，这让我的胳膊看上去多了点肌肉，我有点喜欢这些虫子了，但不能再让他们继续往前爬了，不然就不好烧了。

敲门声停止，房子里一片安静，我突然感到一丝孤独。也是在戒酒后我才发现，孤独就像一只超大的蜘蛛，潜伏在楼板的夹缝里，偶尔才会动一下，让你知道它始终陪伴着你。

窗户开着，风吹进来，火苗左右摆动。我关上窗户，调整火苗的大小。

一个红衣服的短发女人走出楼门，站在雨棚下，点上一支烟。我有种感觉，刚才敲我门的就是她。可是她也不像快递员啊。管他呢，眼下最重要的事情是烧虫子。

我脱掉T恤，做好了烧虫子的最后准备，这时我的余光观察到那个女人正跨过绿化植物，向我家窗口走来。我扭头看她，这一次看到了正脸，觉得有些眼熟。她一脸怒气，直勾勾地瞪着我。我想起来了，是田仙一，她长得像极了田仙一，是田仙一的妹妹，我们在田仙一的葬礼上见过一面。

说不上为什么，也许是因为我两天没洗头，也许是因为她长得太像田仙一，或者是因为我有点"社恐"，路上遇见熟人，我宁可躲着走，也不想打招呼，更何况她连熟人都算不上，我根本记不起她的名字。总之，我想避开她。我迅速蹲下，腿一软，重心不稳，坐到了地上。心跳过速，有点恶心，说来奇怪，我已经三天没喝酒了，却突然感觉有点上头。我听见她一边拍打护栏，一边喊：你有病吧，躲什么躲，我都看见你啦，在家为什么不开门？赶紧给我开门。听见了吗？赶紧开门。

我知道躲是躲不掉了，套上T恤，硬着头皮打开门。虫子们还在爬，已经到肩膀了。

她身上带着雨腥味，像她哥哥一样自来熟，毫不客气地走进客厅，坐到沙发上，跷起二郎腿，吸了一口烟，又吐出来，很不礼貌地抽了抽鼻子，闻了闻房间的味道，厌恶地扫了我一眼，问我喝了多少，怎么这么大酒味。

我知道房间里有酒味。三天前，我决定戒酒的那个晚上，除了田仙一送的一瓶茅台，我把家里的存酒全部倒进了马桶。而这瓶仅存的茅台却成了祸害，她就像一个妖冶的不知廉耻的狐狸精，每个晚上都极尽能事地勾引我。我被折磨得够呛，但前两个晚上我都挺住了。尽管夜里我会花很长时间在酒柜前徘徊，但我挺住了，柜子的把手我连碰都没碰一下。不幸的是，从昨天夜里开始下雨，这让我本就低落的心情更加沉重。我讨厌下雨，我动摇了，我控制不住自己，我打开柜子，把她拿出来，捧在手里。我告诉自己，我只是想看看她，绝不会动她一根手指，但马上我就失言了，我打开了瓶盖，因为我想闻一闻她的味道，这不算过分，我自信能掌握分寸。

她的香气热情奔放，让我想到了弗拉明戈舞蹈，吉他响起，穿着紫红色长裙的少妇不停地拍手、跳跃、旋转，扭动腰肢，撩人心弦，可是瓶子的空间是如此狭小，大大限制了她的魅力，于是我拿来杯子，让她自由流淌。她自由了，像下凡的仙女在空中飞翔萦绕。她在我耳畔吹着热气，悄悄告诉我，喝吧，只喝一杯，不为别的，为了纪念田仙一。我说好，这一杯就敬田仙一。我想通了，这是他送的酒，留下来是种纪念，可是对于他那样的酒鬼来说，喝掉才是对他最大的敬意。我给他鞠躬，恭恭敬敬地把酒洒到地板上，起身的时候，可能是因为几天没正经吃饭血糖低，也可能是因为戒酒引发了不适反应，忽然一阵头晕，眼前一片黑，感觉要摔倒，慌乱中我扶住桌子，碰到了什么，接着，我听到了酒瓶落地的声音。木地板，酒瓶没碎，酒洒了一半，可以继续喝，但我改了主意，也许是我的理智回来了，或者是进一步失去了理智，我也没把握，酒瓶掉落是一个征兆，说不定是田仙一在跟我要酒喝。我把剩下的酒也全部倒在地板上，任凭她在夜色里缓缓蒸发，去往田仙一可能存在的地方。

这就是满屋子酒味的原因，我不认为自己可以向她解释清楚，也闹不清她是真的想知道，还是随口一问，所以我选择忽略，转而问她不请自来所为何事。当然我没有说"不请自来"这四个字，而是用行动表现了这一点，我站在门口，让门开着。她很聪明，立刻明白了我的潜台词，做出回应，脱了鞋，盘腿坐到沙发上，姿势和她哥很像。她看着我，笑了笑。我看得出是嘲笑。她说我刚刚踩水坑里了，鞋湿了，你还有拖鞋吗？她惹着我了，我也说不出是因为什么，也许是因为她态度傲慢，还嘲笑我，也许是因为虫子们已经爬进了我的脖子里，我感觉到了，他们想钻进我的脑子里，我必须阻止他们，而她却只想着鞋湿了要换拖鞋。我几乎是跑到她身边，她显然吓了一跳，躲了躲。我指着墙角的虫子给她看。你看见了吗？那些虫子，我大声责问她，接着给她看我的手，我的胳膊，我的脖子。他们已经到这儿了，我拍拍耳后。出乎我的意料，她马上明白了我的状况，掏出打火机，递给我，说你赶紧吧，快点烧，把他们逼出来，要是进了脑子就完蛋了，他们会把你的脑子都吃掉。

我接过打火机，跑进厕所，镜子里，脖子上没有虫子，我高声问她愿不愿意帮我一下，看看虫子跑哪去了。一回头，她已经站在我身边，眼睛里湿乎乎的。我以为她害怕了。我说没事，你告诉我在哪就行，不用……不等我说完，她一掌打掉打火机，抓着我的衣服把我推进淋浴间。她长得很高，比我还高两三厘米，虽然瘦，力气却大得吓人，动作又快，一晃神的工夫，我已经被困在淋浴间的玻璃罩子里。我问她，你想干吗呀？她不答话，堵着淋浴间的门，打开水龙头，拿着喷头，用冷水喷我。我算是好脾气，可是这么干，我也生气啊，她刚到不过三分钟，在我家里，用我的水，喷我，这合适吗？可是我能怎么办？打她？她是女的，刚死了哥哥，怎么能打她呢。可是我真的生气，说不定虫子已经进我脑子里了，我必须发泄，必须报复她，我一边用手挡水一边靠近她，我是这么想的，既然我身上湿了，也不能让她干着，这很公平。我拽住她，像饥饿的熊一样把她抱住，死死抱住。这一招果然管用，她挣扎了几下，便放弃了，不再用水喷我，扔了喷头，就那么站着，身体不住地抖动，发出呜呜呜的声音，就像上世纪（二十世纪）蒸汽火车的鸣叫。上世纪末，我小学毕业，离开乡村，搬入城市，家住在火车站附近，常常会在夜里听见类似的火车叫声，呜——呜——呜，她学得像极了，感觉既亲切，又奇特，好好的，为什么要学火车叫呢，真是个怪人，和她哥一样。我稍微松开手臂，偷眼看她，这才发现，她是在哭，眼泪汹涌，咧着嘴，十分伤心。我吓坏了。我最见不得人哭，特别是女人，赶紧松手，向她道歉，告诉她我没别的意思，并不想怎么样她。她抽泣着说，你别说话，让我安静地哭会儿。我说好，那你哭吧，我还得烧虫子呢，刚才被你耽误了，也许进脑子里了，但我不怪你。我弯腰去捡打火机，她抢在我前面，一脚将打火机踢飞，然后冲我喊，根本没有虫子，是你的幻觉，是戒断反应。我问，什么反应？她看着我，眼泪还在往外涌，我看得出，她想努力憋住，但没成功。她低下头，急促地抽噎了两下，一边抹眼泪，一边往外走，一边说，跟你们这些人，我犯不上，能活就活吧，不能活就赶紧去死。她又惹着我了。我承认因为戒酒有点情绪化，有点易怒，甚至有点混乱，但这次我有明确的理由，她说的每一个字我都不同意。我追上去，拉住她，让她把话说清楚，我们这些人怎么了？招谁惹谁了，凭什么能活就活，不能活就死？她不耐烦地甩开我，说，放心吧，你根本戒不了，田仙一戒了多少次了，都没戒掉，你还是继续喝吧，喝死拉倒，也挺好。我真是恨透了她这些话，尤其是"死"字，让我恨得牙根痒痒。她还想走，我又把她拉住。我说，我要是能戒掉呢？她擦干眼泪，深深叹了口气，翘起下巴颏儿，反问，你要是戒不掉呢？

我被问住了。我没想过这个问题，无论是戒掉，还是戒不掉，我都没怎么想过。戒酒是一时冲动，田仙一死了，我想做点什么，为了他，也是为了我自己，一个酒鬼死了，另一个酒鬼害怕了，就是这么回事。

我怕死，可谁不怕呢？我爷爷，一个老酒鬼，喝了一辈子酒，不到二十岁开始喝，每天三顿，不管刮风下雨、感冒拉稀，从不间断，一直喝到八十二岁，得了咽喉癌，医生说你必须戒酒，他马上就戒了，因为怕死。结果怎么样？半年不到，驾鹤西游。我常常想，如果他不戒酒，也许还能活得更长一点。戒酒根本不能阻止死亡，除了醉倒，或者发酒疯，戒酒无法阻止任何事儿。

戒酒成功的我和戒酒失败的我会有什么区别吗？

如果让我爸回答，他应该会说，无非是清醒的失败者和醉醺醺的失败者的区别。我爸一辈子滴酒不沾，在他看来，所有的酒鬼都是失败者。我爷爷失败了，他成功了，我又失败了，我妈说这是隔代遗传。我妈已经放弃我了，她唯一的指望是我尽快结婚，生个儿子。按照她隔代遗传的理论，我儿子一定会像他爷爷一样成功。我有不同的看法，不是说我儿子不会成功，而是我不一定有儿子，也许是女儿呢。但不管是儿子或者女儿，说这些都太早了，我现在根本没有女朋友。

　　我之前有过，上一个差点就结婚了，婚房都买好了，就是我现在住的公寓，当然是我妈出的钱。我妈提了一个条件，结婚后回大连生活。可笑吧，她在上海帮我们买房，却让我们回大连生活。我当时的女朋友，严格来说是未婚妻，竟然同意了。她有理由，也是我妈的理由，很充分，因为那时候我爸病了，很严重的病。我爸禁止家里人提起他的病名，他认为那个病严重影响了他的硬汉形象，我也有同感。我从来没有说过那个病名，这是我最听他话的一次。他现在好了，但当时病得很重，需要做手术，所以，我妈想让我们回大连，不需要生活在同一屋檐下，只求住得近一点，可以时不时一起吃晚饭。我并没有明确反对，我说既然是我爸病了，只要他说让我回去，我就回去。我爸说，不需要。我爸一辈子都是硬汉，年轻时当兵，曾经不用麻药做过手术，没吭一声。我们性格不合，彼此看不顺眼，但我由衷佩服他。我妈气得跳脚，她是女人，她不明白，男人和男人的战争，比的是硬度，谁服软谁就输了。我未婚妻也是女人，她当然也不明白，所以才会背着我和我妈做交易，我妈允诺她，如果能把我带回大连，就送她一辆车，她同意了。于情于理，我都认为她做得没错，但就是心里不舒服，感觉遭到了背叛，好像她对我的感情变了味，混进了95号汽油和进口皮革的味道。我开始怀疑她对我的忠诚，不是当下的感情，而是关于若干年后，关于未来，我忍不住假设，如果有一天我死了，过不了一个月，她就会找到新的男人。我被这个想法折磨，也用这个想法折磨她。即便如此，我们也很少吵架。她小时候父母总吵架给她留下了心理阴影，她特别害怕吵架。每次我刚拉开架势，她的脸就红了。她特别爱脸红，高兴脸红，难过脸红，撒娇脸红，撒谎也脸红。如果在她脸红的时候，我再多说两句，她便会掉眼泪，然后道歉，不管是不是她的错。但她不是一个软弱的人。有一次，她自己，坐地铁，遇见一个变态骚扰女孩儿，她挺身阻止，死死抓住变态，并报了警，因此上了当日新闻。她并非软弱，只是温柔。每次我喝醉，她都会尽心照顾我，从不抱怨。她把所有的温柔都献给了我，我却没有珍惜。我们分手的那天，她问我，如果没有我所谓的交易这件事，我们是否会结婚。我说我不知道。她红着脸说你真是个浑蛋。那是我第一次听她骂人，也是最后一次。我妈说，你再也找不到比她更好的人了。我同意她的说法，田仙一也同意。得知我和她分手的消息，田仙一马上带了一瓶五粮液来找我，二两下肚，他严肃地问，你介意我去追她吗？我说不介意，但在我和她之间，你只能选择一个。又喝了二两，他说那我还是选择你吧，红颜易老，知己难寻。如果田仙一选择她，会有什么不同吗？大约是在分手的半年后，有一天我喝大了，后半夜两点给她打电话，向她道歉，我说对不起，真的对不起，不是我不想和你结婚，而是我不配，所有的问题都在于我，我害怕亲密关系，我没有担当，我不想承担责任，我是浑蛋、酒鬼、失败者。我想她，想让她回来，可是我没脸说。我问她，现在过得好吗？她说很好，你放心吧，你也好好的，少喝酒，早点睡，然后就挂了电话。又过了半年，她发了一条朋友圈，她很少发朋友圈，那是她半年里唯一的一条朋友圈，放的是结婚证，她老公胖乎乎的，看上去也很温柔。田仙一说，如果当时我去追她，说不准照片上的就是我。五个月后，田仙一死了。如果照片上的是他，结局会不一样吗？他曾经给我讲过一个故事。有一个导演，德国人，叫赫尔佐格。一年冬天，他的一个朋友，生了重病，是个老太太，生活在巴黎，而他自己住在慕尼黑，于是他突发奇想，如果自己一路从慕尼黑走到巴黎去看望那位老太太，她就不会死。他果真这么做了，老太太也果真恢复了健康。

如果我从此再也不喝酒，会有什么改变吗？

死了就是死了，离开了就是离开了，喝酒的浑蛋和不喝酒的浑蛋都是浑蛋。我松开拉着她的手，再次向她道歉，我说，对不起，你说得对，跟我们这种人较真，犯不上。对于我的表现，她有些意外，更多的是失望。也许她期望我能放几句狠话，也许田仙一生前和她吵架时经常放狠话。我猜是我戒酒的情景，让她在我身上代入了自己对哥哥的感情，才使她和我发急。她仔细擦了擦眼泪，同时也擦掉了脸上的表情。我们变回第二次见面的陌生人。她说，你去吧，我车上有两箱书，田仙一留给你的，车没锁。她指了指窗外一辆红色轿车，重新点上一支烟。

书很重，搬完第二箱，我累得浑身颤抖，感觉自己像一台耗尽了燃料还坚持运转的发动机。上一次这么虚弱还是二十多年前，当时我手里攥着一把带血的刀，站在秋日的阳光里，仿佛下一秒就会扑地死去。

自从开始戒酒，我总是不自主地回想过去，往事如烟，纷繁萦绕，人脸都是模糊的，只有那把刀清晰可见，静静躺在水底，等待着有人再次把它捡起。田仙一曾说，你知道吗？喝酒之后我从来不做梦，所以，也可以说，喝酒使我清醒，督促我面对现实。现在我才明白，或许酒精对我也有着同样的意义。

我坐到箱子上，握紧拳头，调整呼吸，努力不让自己陷入回忆。她站在窗边听电话，神情漠然，过了好一会儿，才接一句说，对，我就是有人了，怎么着吧？她吸一口烟，又慢慢吐出来，看我一眼。对方又在说什么，她问，你再骂一句试试？虽然听不见，但我猜对方还在骂。她的表情没有变化，不慌不忙地回到沙发上，熄灭香烟，放下手机，脱掉因为刚才用水喷我而湿掉的袜子，叠好，整齐地堆在地板上，然后盘腿坐定，拿起手机，打开免提。对方果然还在骂，我听见一个"贱"字词组，很是刺耳。她从这个词组接过话头，一路骂回去，思路清奇，用词刁钻，一般情况只需一句就能让人暴跳如雷，但相比之下，这些根本不值一提，更让我惊奇的是她的神态和节奏。如果把她的声音消去，光看她的表情，你会以为她是在和恋人聊天，好像刚刚睡醒，开始时脸上还带着倦意，渐渐嘴角有了笑意，接着露出洁白的牙齿，闪烁出快乐和幸福的光芒。至于节奏感，这么说吧，只要把脏话换掉，就可以作为R&B（节奏蓝调）曲目直接灌唱片。起初，对方还试图反抗，但很快就没了声音，几分钟后，传来痛苦却毫无意义的嘶吼，犹如一个拙劣的键盘手在给顶级歌唱家伴奏。又骂了一会儿，估计她也累了，问对方，还骂吗？对方哑着嗓子嚎叫，敢不敢告诉我你现在在哪？她说出我家地址。对方继续嚎叫，你等着。她挂了电话，看着我，露出一个大大的微笑。她仿佛变了一个人，变得神采奕奕，魅力无穷。她说，好久不骂人了，都有点生疏了。不好意思，让你见笑了。她依旧用的是刚刚骂人的节奏和语调，十分悦耳。她说，你知道我哥叫我什么吗？我摇头，我不想说话，不想打乱她声音的气流。她接着说，他说我是渣男收割机。她哈哈大笑，笑声很有感染力，我也跟着笑。我问她怎么这么会骂人。她说天生的，我是骂人的天才。我又问，刚刚那个渣男真的会来吗？她说，你别怕，我会保护你。我解释，不是怕，只是好奇。她咽了咽吐沫，说渴了。我去烧水，问她，喝龙井还是金骏眉。金骏眉是她哥送的，时间有点久，不知道过没过期。她说那就喝金骏眉吧。泡茶的时候我的手依旧抖个不停。她问我是不是第一次戒酒？我点头，不自觉地看了看墙角，虫子们还在。我问她那些虫子真的只是我的幻觉？她端起茶杯，吹了吹，说，戒断反应，正常现象，我哥也有过，弄不好，你还会抽的。我没懂，问抽什么？她龇牙咧嘴，做鬼脸。我说抽搐啊？她点头，喝茶，说如果抽了，就得去住院，田仙一住过好几次了。说着她从包里拿出一个信封递给我。

——差点忘了，田仙一给你的。

我心里一沉，接过来，问她是什么？她答不知道，田仙一有非常详细的遗嘱，为很多朋友准备了信封，散了很多东西，甚至包括房子和车。

——你知道鲸落吗？

我问是任督二脉的经络吗？她摇头，解释说，鲸鱼的鲸，下落的落。鲸死了，沉入海底，尸体会引来很多深海生物，为它们提供食物和养料，从而形成一个生态部落，这种现象叫鲸落。我试着想象鲸落的画面，体会到一种孤独的美感。

她给自己续上一杯茶，说，我哥特别喜欢鲸，我猜，他是在模仿鲸落。她喝了一口茶，又补充说，我是指给朋友分东西这件事儿。我拿着信封，有点举棋不定，告诉她，如果是贵重的东西，我可不能收。她无所谓地摆摆手，说，别有负担，已经没什么贵重东西了，你打开看看。我拆开信封，里面只有一页手写的信纸。她有点失望，说，看来你们关系不怎么样嘛。我说是啊，只是酒肉朋友。我本想等她走了，自己一个人再读信，但她对信的内容十分好奇，催促我赶紧看。我一向不善拒绝，顺从她的意思，展开信纸。信的第一句话这样写道：也许你只是把我当作酒友，但长久以来，我都视你为最好的朋友。那种感觉就像偷东西被抓住，店主偏偏是拳击手，当场赏我一顿老拳，第一拳打在鼻子上，第二拳正中心窝，我来不及反应，瞬间被K.O.（击败）倒地，不是比喻中的倒地，而是真的倒地，如她所言，我抽了。

# 第二章：戒烟戒酒谈朋友

　　她帮我叫了救护车，帮我办理住院手续。医院在宛平南路，600号，有专门的物质成瘾病房，很多人在这戒酒。她和几个医生护士很熟络，有说有笑。给我看病的男医生问她，你哥最近怎么样？她笑着回答，还是老样子，然后指着我说，这是我哥的酒友，我哥派我来照顾他。听完我的情况，医生安慰我说，别怕，你的反应不严重，估计一周就能出院。

　　病房是四人间，我是第三个，还住着一个中年人和一个老头，都是来戒酒的，由家人陪着。安顿好了，我说你回吧，我自己能应付，等我出院了，请你吃饭。耽误她半天，我感觉特不好意思，何况她还有那个渣男的事儿需要处理。她说行，有事儿你给我打电话，或者发微信。我们加了微信，她的微信名叫欢子老师，我想起来她的名字是田欢子。她看见一个认识的小护士，出去聊天。我输上液，很快就睡着了。

　　醒来已经是夜里，不知道几点，房间很黑，老头的呼噜打得山响。我有点头晕，感觉身上所有的水分都集中到了膀胱里，自己就像一个皱巴巴的葡萄干。刚站起来，听见旁边有人轻轻咳嗽了一声，这才发现她坐在另一侧的椅子上，眼睛亮晶晶的。我问你怎么回来了？她说我压根就没走，救人救到底，送佛送到西，厕所出门左转，走廊尽头。

方便完，我在厕所的窗口站了一会儿，看着外面的虚空，心里发毛，我害怕她对我好，害怕我会辜负她，我想喝酒，如果迟早会辜负她，不如现在。我拿出手机，搜了搜，最近的全家便利店只要六百米，走路不过五分钟，一瓶黑方仅需二百四十五。

她像猫一样悄无声息地走到我身边，手里拿着烟和打火机，问我是不是想喝酒了。我说是啊，都想从这跳下去，逃走了。她说别费事儿了，跳不了，田仙一试过，被卡住了，既来之则安之，老实儿待着吧。她的手指修长，指甲短得离谱，不停摆弄着打火机，一副犹豫不决的样子。我说你抽吧，没事儿，这又没别人。她说我在考虑要不要戒烟。我说戒，我戒酒，你戒烟，也做个伴儿。她说行，就这么定了，这是最后一根。有人说话，我的感觉好多了，虽然还想酒，已经不如刚才那般强烈。她点上烟，吸了一口，吐向窗外，又补充说，你知道吗？我戒酒，你戒烟，这话田仙一也说过。她盯着我看，我也看她，她的眼睛里雾气很重，因为皮肤白，嘴唇显得特别红，红得像一个标签，一个挂在白色瓷瓶上的红色标签，我也说不好，也许又是幻觉，或者被她舔嘴唇的动作催眠了，忽然间，我觉得她特别美，特别香，特别纯净，就像是一瓶六十度的私酿白酒，只需一口就能将我点燃，烧成一粒金丹，如果她服下去，便能让她长生不老。那是一种混合了酒瘾和情欲的冲动，我没有一丝一毫的抗争，立刻把自己交了出去。我抓住她的肩膀，几乎是恶狠狠地向她的红唇吻去。

第二天早上，护士来查房，问我，你嘴怎么了？她替我解释，晚上去厕所，迷迷糊糊撞门上了，搞笑不？我拿手机照了照，发现她咬得够狠，在上唇的正中间，已经结痂了，奇怪的是没觉得痛。她说，约定就是合同，总要盖个章。她像蛇一样伸出舌尖，迅速舔了一下嘴角，接着说，你别多想，就是个章而已。我说，是，就是个章，我不多想。

实际上，即便想多想，住院期间也是不可能的。我的室友，那个中年人，是某金融公司的高管，熟了以后，欢子叫他金哥。他总结得很到位，戒酒治疗就是七伤拳，自损一千，戒酒八百，先把你变成睡不醒的白痴，能不能戒酒另说。听说我是东北人，他说，巧了，我最好的朋友就是东北人，大学室友，内蒙古的，内蒙古也算东北吧？我说算。他说，那厮和我上下铺，小赤佬天天拉着我去喝酒，如果不是他，我现在估计是个数学家。欢子问，那厮现在怎么样？他说，哎呀，别提了，死了，冬天，酒驾，冲沟里了，没受伤，是冻死的，尸体梆梆硬的，蜡像一样，我没看见，是他老婆打电话跟我讲的。金哥说话特快，电话特多，有的电话，他看一眼就按了，有的接起来就骂，有的找他喝酒，他说喝你妹啊，老子在医院呢，戒酒。他哥坐在旁边无奈摇头。他说，你摇头干吗呀？如果我有一天喝死了，财产都给你，遗嘱早立好了，你高兴还来不及呢。他哥生气，说你再胡说我走了。他笑说开玩笑呢。然后转头向我们解释，我哥，大学教授，一辈子假正经。他哥不理他，下楼去抽烟。欢子得空悄悄对我说，如果我哥再活十年，估计就是这样，我说是，也有同感。

我妈给我发微信，说梦着我了，问我咋样，我说在医院戒酒呢。她发来一个惊讶的表情，接着打过来，问我受啥刺激了。我说没受啥刺激，就是想戒。她试探着问，交女朋友了？我说我就不能自己突然想戒酒吗？她连说三个能，最后补了一句，我和你爸都挺好的。过了半天，我爸破天荒地给我发来一条微信，一个举胳膊表示加油的表情，不知道是他自己真的想发，还是因为我妈的念叨，不管怎样，在我看来都像是讽刺。我给他回了一个干杯的表情。

住院的第三天，金哥出院，拍着我的肩膀叮嘱我，结婚一定要请他喝喜酒。我说看情况吧，万一戒酒成功了呢。他哈哈笑说，那就喝茶。欢子说，一直没好意思，真格地，推荐两只股票呗。我们另一个室友，那个老头，也跟着说，对呀，推荐点股票吧。他很少说话，总是笑眯眯的，护士和女儿叫做啥就做啥。印象里，这是他第一次主动开口。金哥正经起来，说，股票就算了，钱多就买房，钱少就健身，身体好比啥都强，还有就是少喝酒，大家共勉。金哥三拱手，微笑离去。

当晚，少了金哥，病房里安静许多，我睡得很早，不知道过了多久，被人推醒，是老头，笑眯眯地坐在我床边，说自己睡不着，想找人说说话。我们有一搭没一搭地聊起来，他说自己老家在宿迁，和刘强东是同乡。年轻时做生意，赚过不少钱，也做过不少荒唐事，吃喝嫖赌，除了嫖什么都干，自由自在，糊里糊涂过了半生。后来互联网大发展，他的生意转型不利，黄了，钱也没了，为了老婆孩子，想博一把大的，还被人骗了，欠了一屁股债，走投无路，想死的心都有，最后还是老婆从娘家借了钱，帮他还了债，又张罗着开了一间浴室，维持一家的生计，虽然不像以前那么风光，但也算小康。说到这里，他话锋一转，说男人啊最重要的还是老婆，那句话怎么说的，每个成功的男人背后都有一个伟大的女人，其实不成功的男人背后，那个女人更伟大。我赞同他的说法，却也从他的语态里感觉到一点异样的味道。我说，叔叔，听您这意思，怎么好像是要给我介绍对象呢？他笑了，说我都观察你好几天了，果然是个聪明人。接着，他开始介绍自己的女儿，独生女，也是富养长大的，却完全没有大小姐的脾气。说到这里，他好似有些紧张，咽了口吐沫才继续说，不像你的那个朋友，一看就脾气大。我问怎么看出来的。他神秘地笑笑说，一般情况，胸大的脾气小，胸小的脾气大。他又强调，虽然是他总结的经验，但也不完全是乱讲，他曾经问过一个医生朋友，说是跟雌性激素有关。然后又说回他女儿，不仅脾气好，人还聪明，从小就学习好，一直是第一名，最后考取了交大，毕业后先是去了大众，后又去了通用，现在是中层管理。我插话说，她条件这么好，我可能配不上。他摇头，说条件不重要，他的前女婿条件好，又怎么样呢？结果还不是出轨，离婚，所以说，条件不重要，重要的是人品。我问，您怎么能看出我人品好？他自信满满，拍着胸脯说爱喝酒的人人品不会差。话题又转到喝酒，他说这已经是第五次来戒酒了，根本没有用，回去能挺几个月，最后还是会复喝。其实他喝多了也没什么，基本不会耍酒疯，只是身体受不了。我劝他，还是要坚持，能戒最好还是戒了。他说是啊，所以自己也一直在想办法，经过长时间的思考，他想到一个主意，找一个固定的酒伴儿。直到这一刻，我才明白，他想找女婿不假，但更主要的是找酒伴儿。我好奇，问他，为什么酒伴儿能戒酒。他说道理很简单，你想啊，假设自己一个人，一个小时能喝半斤，如果有了酒伴儿，两人要说话吧，酒也要分着喝吧，算下来，一个人一小时也就能喝二两。我想到和田仙一喝酒的状态，觉得他说得也有一点道理，不过漏洞也很明显，两人一起喝，总时长也会增加。但我不想和他讲道理，不和酒鬼讲道理，尤其是关于喝酒的道理，应该是酒鬼最应该明白的道理。我说，叔叔，不是我不想给您做女婿，也不是我不想给您做酒伴儿，而是因为，怎么说呢，您知道我为什么来戒酒吗？因为我的酒伴儿死了，就是吧，和我一起喝酒，这事儿恐怕不太吉利。老头愣了半晌，说，哎，我就是和你闲聊天，你也别太认真，时候不早了，我们还是睡觉吧。回到自己的床上，他又嘱咐我，刚才的聊天不要让他女儿知道。

　　我把这件事儿讲给欢子听，她笑得合不拢嘴，说至少有一件事儿老头说对了，她的脾气确实不好。过了一天，我发现老头女儿看我的眼神与之前略有不同，就明白她也知道了。晚饭前，老头去厕所，房间里只剩下我和她，她朝我笑了笑，为老头的言行向我道歉。我说没事儿，是我的荣幸，还要感谢叔叔对我的信任。她轻声叹气，说你别多想，你既不是第一个，也不会是最后一个。从那之后，老头再也没和我说话，直到我出院，跟他说再见，也没理我。

离开医院是中午，欢子来接我，为了庆祝恢复自由，我请她吃饭，潮汕菜，喝粥，养胃。我们聊起她的那个渣男，她说都摆平了，感情和工作，双开。

她经营一家健身工作室，渣男是她的员工，健身教练。她自己教瑜伽。我说我也学过瑜伽。小时候，看武侠片，想学武术，总结了一个无敌的套路，轻功加金钟罩加点穴，能逃抗揍一招制胜，还不用杀人。从旧书摊买了武术杂志，最后一页有各种武术书的介绍和邮购方法，买了轻功和点穴，没有金钟罩，换成了铁砂掌。她问瑜伽呢？我说你别急啊。书寄到了，我先看铁砂掌，要每天用手插豆子，然后再插铁砂，看着就疼，再说也找不到铁砂，没练。又看点穴，傻眼了，穴位竟然不是固定的，是随着时辰变化的，干架之前，穴位在哪算半天，还打个屁啊，练也没用。最后看轻功，前面是中国古典轻功，先挖坑，半米，每天跳，再挖一米，每天跳，然后一米半，还要绑沙袋什么的，太累，感觉不靠谱。往后翻，还有天竺轻功，只需要把身体摆成各种奇怪的姿势，配合呼吸和冥想，练成之后能飘浮在空中。她笑，问，你真练了？我说真练了，至少练了半年。她问怎么停了，我说期末考试没考好，我奶奶怕我走火入魔，把书没收了。她问还想练吗？我可以教你。我问练了能飞吗？能悬浮吗？她说也许吧，可以试试看。我说试试就试试。

吃完饭，我们计划去她的工作室，带我认认门。因为商场没有停车位，她的车停在了旁边的小区里。看见汽车的那一刻，我俩都傻眼了。那是一辆红色的沃尔沃，原本很漂亮，但不知道哪个缺德玩意用砖头把前玻璃打碎了，一看就是故意的，砸了不止一下，砖头还留在车前盖上。我要去找物业调监控，她拉住我说不用，我知道是谁。斜前方，一辆车上转出一个肌肉男，背着斜挎包，一只手放在包里，表情愤恨，向我们走来。她面容扭曲，嘴里说：你他妈竟然跟踪我，腿已经迈开了冲向肌肉男。我马上明白了，肌肉男就是渣男。我一把抱住她，劝她别冲动。我怀疑肌肉男包里有东西，怕她吃亏。她也抱住我，想把我挡在身后。

大约两个小时后，我趴在医院的病床上痛苦呻吟，她依旧怒气未消，骂我蠢，不应该抱她，要抱也应该去抱肌肉男。我也意识到自己犯了战术错误，承认她说得对。她更生气了，说，对个屁，万一再有这种事儿，你就赶紧跑。我说，那不能够，我一个大老爷们儿，怎么可能不管你就跑呢。她的表情缓和下来，说，算了算了，反正也不会再有这种事儿了。我说就是，我可不想屁股上再来个窟窿。肌肉男的包里藏了一把水果刀，扎完我，他也愣了。水果刀留在我的左屁股蛋子上，像是一根小尾巴。我一咬牙，把刀拔下来。二十多年之后，再次顶着烈日手握带血的利刃，我冷静如寒冬的冰面。他呆呆地看着我，就像是深夜被强光照住的青蛙。我特别能体会他的感受，恐惧、后悔，大脑空白，一如当年的我。我提醒他，还不快走。他如梦初醒，转身就跑，但还是晚了一步，欢子一记高扫腿踢在他的下巴上，他的满身肌肉瞬间成了摆设，摔在地上，失去了意识。

欢子不仅教瑜伽，还教跆拳道。她是2000年黑龙江省少年组的跆拳道冠军，金牌就挂在她的健身工作室。她说自己当年差点进省队，我问为什么没进。她说因为教练被抓了，强奸未遂。这一次我住的是单人病房，最终都是渣男出钱，不住白不住。因为伤的是屁股，我只能趴着。她坐在我对面的椅子上，因为戒烟，感觉嘴碎，改嗑瓜子，我要使劲儿抬头才能看见她的脸。已经是深夜，我们没开灯，反正就是聊天，黑点儿也没事儿，还能省电。她说起很多往事，提到她的初恋，特别喜欢金鱼，现在是青年科学家，研究细胞分裂，前几天还在网上看到他的新闻。当年读高中，他的头发浓密得像假发，现在已经秃了。欢子感慨，时光不仅是杀猪刀，还是脱毛剂。

黑夜配往事，就像威士忌加冰块一样自然。曾经我和田仙一也有过类似的夜晚。在他的小公寓里，我们坐在阳台上，边喝边唠。有一次，他弄来两瓶山崎12年，我们喝到后半夜，楼下路边的烧烤摊也撤了，城市才算安静下来。酒还剩半瓶，他看上去依旧清醒。这是他的本事，不管喝多少，只要坐着不动，看上去永远像没喝。他说，你知道吗？我妹妹，被人强暴过，是我害的。她去训练，我答应我妈去接她，却和朋友进了台球厅。

欢子问我，田仙一是不是跟你说过了？我说是。她问，怎么说的？我如实回答。她摇摇头，说，我和我妈合伙骗他的。那时候他太野了，因为早早决定了送他出国，在学校里他都是瞎混，认识了很多来路不明的朋友，有时候还会夜不归宿，我妈根本管不了。然后就出了那件事儿，教练也是喝了酒，我挣扎得太厉害，他就放弃了。我妈气疯了，说要给我哥一个教训，我哥一直特别护着我，我们想利用他的内疚控制他。后来发现不行，他反应太强烈，甚至扬言要杀了教练，教练害怕，也因为丢了工作，在当地已经再难翻身，便搬到了其他城市。后来我们告诉我哥真相，他却不信了，认为我们是在安慰他，骗他。说好的出国也不出了，一直留在我身边。她放下瓜子，拍拍身上，喝了一口水，说，你知道吗？这么多年了，这是我第一次说起这件事儿。我说给我也喝一口，伸手要水，心里想的却是威士忌，嘴里一股山崎12年的味道，仿佛胃里有整片麦田在燃烧。田仙一喜欢单一麦芽威士忌，认为那不仅是酒，还是从春到秋的时光，是麦子的一生，勇敢而悲壮。欢子问，我哥还说什么了？我说，和你说得一样，那是他第一次提起，我是第一个听众。

田仙一给我倒酒，说，憋了这么多年，说出来好受多了。你也别端着了，说吧，你的事儿，我知道你有。不知道是回忆自带美化功能，还是当时有外来的光照到了阳台，说这些话时，他的脸上闪着琥珀色的暖光，和阳光下威士忌的颜色一样。我心动了，他猜中了，确实有一件事儿，压在心底很多年，我也想一吐为快，算不上忏悔，也不是辩解，只求某个瞬间的解脱。我端着酒杯，就像现在拿着欢子递给我的矿泉水。我对田仙一说，再给我加点。他给我倒酒，我一口闷掉。那一刻，我是想和他交心的，是想掏心窝子，讲点真事儿和实话。我感觉困倦，意识里只有一点小火苗，我想让自己兴奋起来，让意识的火苗烧成大火。但我高估了自己，或者是低估了山崎12年，或者我仍旧在进行自我欺骗，潜意识里还是不愿说，因为我清楚自己是那种喝着喝着就突然断片的体质。意识的大火只烧了一秒，或者一秒都不到，就熄灭了。我错过了一个夜晚，错过了一个愿意听我倾诉的人，我不想再错过一次。

我侧着身子，连喝了两大口矿泉水。我多希望喝的是酒，最好是威士忌，白酒也行，不需要什么牌子，但要度数高，也不用太高，四十几度足够了，不加冰，只需两口，足以唤醒我的表演型人格。我无比想念那种感觉，火辣辣地从舌根一直烧到足底，贯穿脑仁，如一道闪电击中旷野里的枯木，无垠的黑暗中燃起一把火，照出一方舞台，我站在舞台上表演记忆中的自己。

田仙一说，酒是男人最好的化妆品。

如果有酒，我可以是影帝，我会眉飞色舞，手舞足蹈，唾沫星子乱飞。如果没有，我连普通讲故事的老太太也不如。也许这又是我想喝酒的借口，一个酒鬼无论以何种理由要求喝酒都是可疑的。欢子问，你没事儿吧？怎么满头大汗？我说没事儿，有点紧张。每次回想那段时光，我都情不自禁地紧张。我说，我也有个故事，你愿意听吗？她点头。我说，我也曾经拿刀扎过人。她问，真的假的，什么时候？我说，初中。趴着仰着头说话太累，我坐起来，请她帮我放好坐垫。那个垫子像一个大的甜甜圈，我坐在上面就像在大便，姿势很不雅观，虽然可以让出伤口的部分，但还是有点牵扯着疼。医生说第一天尽量趴着，别坐着，以免伤口开裂。管他呢，全听医生的也无法永生，何况我需要一点疼痛，让神经保持敏锐，助我回想，那感觉就像打开手电筒，在昏暗的记忆仓库中寻找尘封的闪光碎片，而最先出现在光圈里的永远是那把弹簧刀。

刀柄是硬塑料，军绿色，大约七八厘米，前面有一个红色按钮，按下去会发出一声脆响，咔吧，刀刃弹出，锋利而骄傲，在阳光下闪烁出正义的光芒，之所以会有如此印象，大概是因为刀身根部刻着五角星。它最初的主人叫刘小兵，是我爸的战友。上世纪七十年代末，他们一起在北大荒当兵，执行任务时遭遇雪崩，一共十二个人，最后剩五个。八十年代退伍，五个人一个头磕到地上，拜了把兄弟。我爸排老二，他排老三，我爸叫他三儿，我喊他三叔。印象里，他很瘦，腰板笔挺，走路飞快，脸上永远挂着笑容。逢年过节，总会给我钱，三百五百地给，在当时已是巨款。每次见面，他都要捏我的脸，爱开玩笑，和我打闹，掏我裤裆时，会喊猴子偷桃。火车站附近最大的游艺城，日进斗金，他是老板，因为生意，交游甚广，黑道白道都能说上话，又因为仗义，有求必应，只有八根手指，街面上的人都称他为八爷。

欢子问，为什么只有八根手指？我说，因为雪崩。五个人虽然活了下来，但都受了伤，三叔冻掉了两根手指，大伯伤的是耳朵，我爸和四叔分别有几个脚趾冻在了一起，只有五叔身体没问题，伤在心里。心伤是啥，我也不知道，是我爸的说法，三叔去世后他们有一次聚会，大概是那个时候提到的。没错，三叔已经死了，一九九六年的夏天，他三十六岁，在一个闷热的夜晚，被人捅死在游艺城后面的暗巷中。

欢子说，等一下，我问一句，凶手不会是你吧？我逗她说，如果是我，你会怎么样？她咽了咽吐沫说，这种事儿可不能开玩笑，如果真是你，我一定会送你去自首。我被她的认真劲儿逗乐了，告诉她如果真是我，肯定轮不到她，首先就逃不过我爸，他会胖揍我一顿，然后亲自把我送给警察。欢子问那你讲了这么多关于三叔的，和你扎人有什么关系？

是啊，有什么关系呢？也许还是想逃避吧。很多次，我这样想过，如果三叔不死，我和海洋就不会变得亲密，我也就不会刺伤他了。

我们从小就认识，但记忆里，第一次见面却是在三叔的葬礼上。那是在一个不知名的房间中，既不是我家，也不是他家，外面是灵棚，声音很吵，时有哭声，但房间里很安静，只有我俩，和一台作为背景的电视机，他一直说话，好像是对我，又好像不是。时至今日，我还记得他当时说过两件事儿：一件是，他一定要找出凶手，为他爸报仇；一件是，不能再瞎混下去了，必须好好学习，要我帮他。

之后不久，他转到我的学校，为的是摆脱坏朋友，换个环境，重新开始。慢慢地，我才了解到他风光的过去，他是原来学校里坏孩子的头头，打过很多架，欺负过很多人，很多学生怕他，也有一部分不服，放学的路上，我们遇到过数次挑衅，他都隐忍不发。但我也知道，他一直带着那把刀。他的书包里有两个文具盒，蓝的放笔，红的放刀。他告诉我，以前这把刀是三叔的护身符，现在则是他的。如果当时我爸带着这把刀，可能就不会死了。我记得他说过类似的话。

他很聪明，说要学习，也不是虚的，和我一起看书，说两个小时，就一定要学足一百二十分钟。只是他爱走神，学着学着，他开始转笔，我就知道他又走神了。偶尔我会问他在想啥，他总是回答没啥，瞎想。尽管如此，他的成绩还是得到了显著提高，我也自豪地认为有自己的功劳。那段时间，我们是最好的朋友，我这样想，也理所当然地认为，他也这样想。虽然不能保证准确，但我始终怀有这样的印象，就在刺出那一刀之前的几秒，我还想到过他，想着晚上请他吃炸鸡串。

欢子问，也就是说，在你出刀之前并不知道对方是他？其实是误伤？

也不是，我想了想，只能给出这样的答案。如果你喜欢胡思乱想，难免会有这样的感受，回想过去和展望未来有很多相似之处，其中都充满了不确定性，所以我一直持有这样的偏见，人的记忆并不可靠，为了自洽，活得舒服，更改记忆无疑是最简单有效的办法。

欢子说，别扯这些玄乎棱登的，我大胆猜测一下，你对他动刀，肯定是因为一个女孩儿。我说，算是吧。那个女孩儿叫都灵，首都的都，灵巧的灵。姓氏并不多见，没记错的话，应该是蒙古族。至于长相，差不多是那种比较成熟的好看，具体记不清了，好像是有一对兔牙，印象里我们吵过架，我恶毒地嘲讽过这一点。她在学校里很受欢迎，认了很多弟弟，我也是其中之一。欢子说，我知道，这种女孩儿我也遇见过，从小到大，不要太多，说白了就是绿茶婊。我说也不尽然，你看过《牯岭街少年杀人事件》吗？一个电影。欢子说，没看过，但如果你打算拿电影里的人物做比较，以我的经验，就算她不是绿茶婊，也是白莲花，这个咱们就别争了。我说，你说得对，我也没想争，就是想说，不管怎么样，她不是坏人。

我始终这样认为，十几岁的孩子很少有真正的坏人，如果他们做了坏事儿，多半是受到了坏影响。当然，也有例外。即便是现在，我还是有这样的印象，无论他做什么坏事，我都不会意外。我甚至不知道他的名字，也许曾经知道，忘记了，也许从来就不知道。我只记得他的外号，叫二炮，以及他是海洋的朋友。除此之外，与他有关的记忆全部是模糊且断裂的。比如，我不知道为什么知道他家的地址，我不知道为什么知道他喜欢都灵，当有同学告诉我都灵和他走了之后，我不知道为什么会认为他要强暴都灵，仿佛这些记忆都已经掉进了幽深的山洞，当我走出洞口，画面变得清晰无比，好像电影镜头，十五岁的我正站在二炮的家中，兜里揣着海洋的弹簧刀。我是去救都灵的，这一点毫无疑问。都灵不在，二炮，还有另外两个孩子，坐在沙发上冷眼看我。我走向卧室，二炮过来阻拦。我掏出弹簧刀，按下按钮，刀刃弹出，闪过一道寒光。他后退，我冲进卧室。都灵躺在床上，身上压着一个人，两人好似在扭打。我怒不可遏，上去拉人，那人回头看我。我不能确定是先看到了他的脸，还是先出的刀。刀刺进他的大腿，又被我拔出来。他捂住伤口，冲我笑。在我的记忆里，海洋只笑过那一次。之后是曝光过度似的空白，再续上，我已经被都灵推进走廊。我向下跑了一段，忍不住回头看，都灵雪白的小腿在栏杆间一闪而过。我心中悲凉，转身跑下楼，沿着大街漫无目的地往前走。我的右手插在裤兜里，攥着收起的弹簧刀。它仿佛获得了生命，在我的手里，跟随我的步伐有节奏地跳动。阳光灿烂，恍若夏天，我却觉得冷。不知道走了多久，走出多远，身后传来警笛声，分不清是警车，还是救护车。我经过一座桥，桥下是护城河，河水发绿，腥气扑鼻。我掏出弹簧刀，按出刀刃，上面的鲜血正在干涸。我将刀扔进河中，感觉像是扔掉了一颗心，扔掉了我心脏的孪生兄弟。我继续往前走，不停地往前走，不知道要去哪里，就是不能停，仿佛停止就意味着死去。直到有一辆桑塔纳拦到我面前。我站在车旁不知如何是好，我不知道我爸是如何找到我的。他打开车门，推我上车，劲儿很大，手很重。车跑起来，车窗开着，风呼呼吹，我感觉眼睛胀痛。我想我爸肯定都知道了，他不看我，不说话，因为失望。我也失望，失望透顶。这样的失望一直贯穿着我后面的人生，直到此刻。

那之后，我和海洋又见过一面，我爸妈带我去医院看他，本来说好了要向他道歉，但我始终没有说出口。我又冒了一身汗，同时感觉下腹胀满。我说，我讲完了，先去趟厕所。

欢子开灯，扶我下地，想陪我去。我说不用，还不至于。小便回来，突然感觉特别饿，仿佛身体被饕餮怪兽掏了个大洞。问欢子，她也说饿。我说想吃肉，她打开手机看烧烤。点好外卖，欢子意兴盎然，继续提问。

——所以说，刘海洋和都灵早就搞在一起了，只是你不知道？

——搞字用得不妥，他们是正常交往。

——就回答是，还是不是。

——应该是。

——这么说，其实也不全怪你，你也是受害者。刘海洋和都灵都不地道，应该早点告诉你。而且，你知道吗？我有种感觉，你被他们玩了。

——也许是我让你产生了这种感觉。

——为什么？

——有一句话，不知道你听过没，说同情是爱情的前奏。

——谁说我同情你了，我是可怜你。

——还不是一个意思。

——别扯这些没用的，你就说你有没有那么想过。

——过去想过……

——那不就得了。

欢子的手机响，她下楼去取烧烤，回来之后，我们一边吃一边继续聊。

欢子问，后来呢，你和刘海洋还有联系？我说没有，出事那天是秋季运动会，之后我就没再去上学，再之后我就转学了，回家的次数很少，回去了也尽量避开认识的人，但我们家和三婶儿，也就是海洋他妈，一直合伙做生意，到现在也没分开。欢子问，那个都灵呢？我说，也没联系，不过有件事儿值得一提，我忘了是怎么知道的，最后都灵嫁给了二炮。欢子骂了句脏话，接着又问，一个虚一点的问题，你觉得这段经历对你有什么影响？我说，两方面，直接影响，我被送了寄宿学校。在寄宿学校里，我学会了喝酒，慢慢变成了一个酒鬼，这是长远影响。欢子放下手里的签子，用纸巾擦了擦嘴，说，最后一个问题，杀害三叔的凶手抓到了吗？我说很遗憾，二十多年过去了，现在还没抓到。

吃完烧烤，我感觉异常充实，仿佛自己是一个灌满了热水的暖水袋。趴到床上，身体放平，热流涌进脑袋，隐约听见欢子还在说话，但已经顾不上了，瞬间就睡着了。

第二天上午，我还没睡醒，欢子的前男友肌肉渣男就来了，向我赔礼道歉。他的头上缠着绷带，看着比我伤得严重。问了才知道是因为下颚骨骨折。欢子说，不是我功夫高，是不凑巧地上有石头。我说，哥们，你说你图啥。他说，大哥，我知道错了。您看我也受伤了，赔偿能不能少要点？因为张嘴受限，他说话很慢，显得可怜。我心软，看欢子，欢子瞪他，说，一分也不能少，现在就转账，不然就报警，你等着坐牢。他显然怕了，拿出手机转账。转完钱，还不肯走，想和欢子单聊。欢子说，有话就这儿说吧，是为你好，单独相处，我怕忍不住再打你。他忸怩半天，问欢子，能不能再给他一次机会。欢子被气乐了，指着我说，这是我男朋友，你问他行不行。等他走了，欢子说，刚才不是开玩笑。昨晚就想和你说，但你睡得太快，没来得及。我想说话，她拦住我，说你不用急于表态，先等我说完。咱们也相处十来天了，你也能看出来，我是个直肠子，不喜欢藏着掖着。先说我的感受，没有一见钟情，却有点非你不可的意思……怎么说呢，现在是我人生的低谷，估计是最低谷了，以后也不会有了，就算将来我妈去世，也不会像现在这么难受。怎么形容呢？就像登山，特高特陡，山路有栏杆，突然，咔嚓，栏杆断了，人一下子就掉下去了，掉了好几天，见到你那天刚落地，摔得四分五裂，特疼，算是你倒霉吧，被你赶上了。这么说，你能明白吧？我说明白。她继续说，我不知道你为啥在谷底，也许你不觉得自己在谷底，但我觉得你是。你能因为我哥戒酒，我还有点感动，是因为我哥吧？我说是，多少有影响。她说，不是也没关系，不重要，重要的是我俩都在谷底，谷底只有我俩。不知道你怎么想，我是想往上爬，能不能爬上去另说，但我不甘心就在谷底躺着，你呢？我说，我也想往上爬。她说，就是这么回事儿，我们就是结个伴儿，一起往上爬。你也不吃亏，我虽然长得不好看，但个高，皮肤白，还会赚钱，也算有优点。另外，我是混血儿，中日混血，虽然混得不太明白吧，但说出去也算沾点异域风情，这事儿你肯定也知道。我说，知道，你哥早就说过。她继续说，反正现在就是这么个情况，至于以后，我还没时间想，也不愿想，你要是有想法，可以告诉我，都好商量。同意你就点头。我点头。她说就一个要求，其实是请求，别骗我，也别骗自己。我说，这好像是两个。她说，你细想，其实是一个。我稍微想了一下，表示同意。她说，我说完了，该你了。我说，实话，特高兴，想喝酒。

# 第三章：人间不快乐指南

交往一个月后，我搬进了欢子家。

起因是她生了一场病，追根溯源，这场病也是因我而起的。由于我戒酒，她才会决定戒烟，她戒烟有一个副作用，便秘。戒酒也有副作用，让我变得特别馋。再加上是交往的蜜月期，我要好好表现，便想着法地带她去吃好吃的，但吃得越多她越痛苦，甚至到了必须依靠药物的地步。后来有一天，我们去吃麻辣小龙虾，一下子，她就通畅了，接着又吃一顿，依旧顺滑。欢子高兴，夸赞小龙虾是极品食材，药食同源，活着的时候吃垃圾做环保，煮熟了不仅美味，还能清理肠道垃圾。从那之后，我们几乎天天吃小龙虾，连吃了一周多，她得了急性胃肠炎，上吐下泻，必须挂水，我责无旁贷，左右陪护。病好，人瘦了一圈，消化系统也恢复了正常，都是好事儿，但治病费用让她心痛不已。她说那什么，要不你把你的房子租出去吧，搬过来和我一起住，房租也可以补贴家用。我明白，这只是借口，因为我也想和她住在一起，便顺水推舟，荣幸地接受邀请，顺利晋升为房东。

这期间，我一直在琢磨一件事儿：要不要向刘海洋道歉。问欢子意见，欢子说，这有什么可犹豫的，既然想到了，就去做。我的顾虑主要是时间隔太久，二十多年，也不知道人家怎么想，万一人家觉得被刺伤是件丢人的事儿，不想再提，我再去道歉，感觉欠欠的，像是要去揭人家伤疤，而且还有形式问题，或者说仪式感，如果只是打个电话，发个微信，显得没有诚意，特意回一趟东北，当面谢罪，又有点像煞有介事。欢子连连摇头，说你和田仙一还真是像，你们文人啊，就是想得太多，做得太少。麻烦您先别想那么多，先要到他的联系方式，好吗？

我问我妈要刘海洋的电话，我妈显得忧心忡忡，说怪了，前几天他也跟你爸要了你的号码。接着又嘱咐我，对待他要小心，听三婶儿说，他最近心情不好，工作不顺，因为和学生家长起冲突，被学校停课了。初中毕业，因为长跑特长，他考入了本市的师专，赶上最后一届包分配，顺利成为一名小学体育老师。这些消息都是我妈告诉我的，某种程度上，我妈是我与故乡人事的唯一纽带。既然他也想联系我，我再打过去也不算唐突，酝酿再三，拨出他的号码。得知是我，他很开心，说真是想啥来啥，我也正想找你呢，其实也没什么事儿，我现在因为点屁事儿被停课了，不瞒你说，我早不想干了，现在正好有时间，就想出去走走，去上海看看你，你愿意接待我吗？我丝毫没犹豫，立马说，行，必须接待，啥时候来，有计划吗？他说暂时还没有，但肯定会去。又聊了几句，我切入正题，关于那件往事，向他道歉。他沉默片刻说，道歉的应该是我，先不说了，见面再聊。

他的这些话在我听来更像是一种考验，并不是真的要来上海，就是试试我的态度。他是喜欢考验人的，记忆里并没有清晰的事例，但曾几何时，在放学路上遇见坏孩子挑衅之后，问我如果真的打起来，你会帮我吗？类似的对话肯定发生过。关于他要来上海这件事儿，我并没有放在心上，转头继续忙着四处推销田仙一留下的短篇小说。

在田仙一给我的那封信中，他请求我帮他完成最后的心愿，将他这些年写成的小说结集出版。他信中这样写道：……小说都在我的台式电脑里，开机密码是……在桌面上找到名为"电影"的文件夹，里面有一部电影叫《遗愿清单》，打开之后，除了电影，还有一个字幕文件夹，打开，里面确实有一个字幕文件，不要管它，请打开那个叫"爱情动作片"的文件夹，你会发现，里面又是两个文档，一个是L，一个是N。L里面是我多年收集的"爱情动作片"精品，N里面则是小说。

L里面确实全部是"爱情动作片"，但我一部也没看到，文件夹还在，却是空的，早在我接手之前，欢子已经抢先一步，删除了所有小电影。欢子说，这种视频都是对女性的剥削，不知道也就算了，只要被我发现，不管是现在，还是将来，我都会毫不留情地删除，就算是我哥的遗物也不行，而且，对于你，我还要罚款，一次一万。我问，这个有点贵吧？欢子说，啥意思？已经想好必须要看了是吧？我说，没有的事儿，咱别说这个了，还是看小说吧。

也许是田仙一自己记错了，N里面并非全部是小说，还有一个叫《人间不快乐指南》的文档，是他治疗抑郁症的日记。

本来已经好多了，不知道为啥，胸口又开始难受，也许是由于项目又黄了？按照医生的建议，加大了舍曲林的剂量，但还是没有用，然后就换了这个新药，欣百达，我对这个药名有种莫名的好感，感觉效果会不错。这是吃欣百达的第一天，药效还是挺猛的，没那么多胡思乱想了，副作用一个字：困。

断断续续，记了一年多，将近七万字，我和欢子看了一下午。最后一篇中，他写道：欣百达制造的快乐并不是真的快乐。时间是半年前。

看完日记，天已经擦黑，欢子开了灯，从一个纸箱子里找出一盒欣百达，说是田仙一剩的，她想尝一尝，欣百达制造的快乐到底是不是真正的快乐。我说，这种药不能随便吃……不等我说完，她已经把一粒胶囊干吞了下去。我俩都懒得做饭，于是叫了外卖。吃完饭，随便找了一部科幻电影，看到一半，欢子忽然站起来，挡在我和电视中间，看着我说，我真是越想越生气，什么真的假的，快乐不快乐的，人生的动力从来不是快乐，而是心，是良心，你看过刘墉的书吗？哪一本，我忘了，写了一件事儿，他有个学生为了还一本书而放弃了自杀，因为什么？因为人家有责任感，有良心，他没有，田仙一没有，所以说，活着跟快乐没关系，你随便到大街上去看一看，有谁是真正快乐的？还有医院里的那些人，都难受得要死，可不都活得好好的？总而言之，一句话，我放下了，是他对不起我们，又不是我们对不起他。我好不容易插嘴说，你说的都对，但也不用这么激动啊，坐下慢慢说。她坐下，靠着我，继续说，我不是激动，我是亢奋，但也不完全是亢奋，还有点头晕，有点恶心，还有点困。我说，完蛋了，不会是吃药吃的吧？要不我们去医院吧？她摆手说，不用，我睡一觉就好了，果然不能乱吃药啊。她枕着我的腿，躺到沙发上，捅了捅我的肚子说，最后再说几句，说完我就睡了，你呀，也不用较真，他说给他出小说就给他出小说啊？出版社又不是你家开的，能出就出，不能出拉倒。说完了，睡觉。她能这么说，我不能这么想。有时候这便是血缘上的优势，或者也可以说是劣势，她说她放下了，当然是假话，哥哥自杀死了，我相信是她这辈子都难以抹平的伤痛和遗憾，但作为朋友则有所不同，也许我才是她说的没有心的，我是可以放下的，总有一天，我会放下田仙一死去这件事儿，或者说，正是为了放下这件事儿，我才要帮助他完成出版小说这份心愿。

　　他的文稿总共有六十多万字，多是短篇小说，还有三个长篇的开头，以及半个中篇，其他的还包括未完成的剧本，若干故事大纲和剧情梗概，以及拉片笔记等等零散的文字片段。

　　他的短篇小说颇具特色，行文简练，题材新颖，常常伴随让我嫉妒的奇思妙想。当然，也有缺点，有时候太强调脑洞，注重所谓的高概念，结果就是虎头蛇尾，头重脚轻。另外，由于他太过聪明，叙事过程中偶尔会丧失耐心，不由自主地充当起上帝的角色，进行说明，甚至说教，让叙述流畅度大打折扣。但这些都是小问题，重新修改便可以解决大半，而在我看来，一本小说集最大的难题，是如何将不同的篇章统一在一起。乍看之下，他的小说之间并没有特殊的关联，等到全部读完，我发现了一条模糊的脉络，其中有将近二十篇，都包含了小镇这一元素。比如我最喜欢的一篇，题目就叫《杀手小镇》，还有一篇叫《秘术》，结合内容，也完全可以改为《功夫小镇》。或许，小说集的名字可以叫《奇怪小镇故事集》。问欢子，她也觉得好，说我哥啊，是个怪人，写的小说肯定也是怪小说。最终，贴合"奇怪小镇"这一主题，我选出十四篇作为备选，又在中等偏上的篇目中挑出三篇，稍作修改，作为样章，分发给几个相熟的图书编辑。原本我信心满满，认为出版一定没问题，只不过印数不会多，结果被当头泼了一盆冷水。编辑们给出的结论相当一致，小说是不错，作为遗作，也有一定的噱头，但毕竟田仙一生前没有名气，再考虑到现在的图书市场并不景气，出了也不好卖，所以，暂时还没办法做。

前前后后，忙了一个半月，却是白忙一场，我心情沮丧，和欢子念叨，欢子说，我早就料到了会是这样，不是说没名气嘛，那就先替他积攒名气，在网上发一发，万一火了呢。这倒提醒了我，但发网上并不合适，如果想发，田仙一自己也能发，为什么还要找我，要发也要发文学期刊。既然是为了打名声，当然要发最好的。

我把《杀手小镇》传给《萌芽》的编辑唐老师，很快得到回复：可以用，但要改，见面详聊。

我们约在杂志社，时间是下午，意见不多，很快聊起题外话，唐老师说前几天杂志社来了一个怪人，自称是我的粉丝，想要我的家庭住址。我问，男的女的？唐老师说是男的，大概三十多岁，不高，胖乎乎的，太阳穴上有道疤。我想了想，最近提到来找我的只有刘海洋，但他脸上没疤，至少我认识他的时候还没有，而且，如果他来了，为什么不直接给我打电话呢？唐老师说，也可能真是你粉丝，我和他聊了聊，你的小说他确实都看过。我说，好吧，也是好事儿，至少说明我也有忠实的读者。

三点多，离开杂志社，外面刮起大风，梧桐树的叶子落了一地，天空看着比前几日高远，我才惊觉，已经是十月末，上海正在迎来短暂的秋天。拐出大门，没走几步，忽然听见有人喊我的名字，举目四望，看到街对面站着一个男人，向我招手，个子不高，胖乎乎的，有啤酒肚，几乎可以确定是唐老师提到的那位读者，更加确定的是，他就是刘海洋。很显然，他并没有长成我想象的样子。在我的想象中，他要高很多，瘦很多，也英俊很多，能够认出他，是因为刹那间，我仿佛穿越了时空，眼前的情景已经是第二次遭遇，而前一次站在马路对面的，虽然面孔模糊，但我知道，就是刘海洋。他跑过来，双手空空，并没有背包。我不知道他为什么会出现在这里，我又该如何反应，握手，还是拥抱？他的表现比我自然，拍了拍我的肩膀，说你没什么变化，我一眼就认出你了。我也装出热情的样子，拍他的肩膀，说你也是。接下来的半分钟，我们只是站在原地，脸上带着僵硬的笑容，相互打量，以此证明彼此刚刚说的都是假话。老实讲，他的变化令我失望，感觉就像一个孩子你本以为他会成为刘德华，最后却成了武大郎，或者是一把匕首，原本锋利无比，如今却锈迹斑斑。过去很多次，宿醉方醒，我在镜子中看见自己，心中也曾涌起相似的厌倦。他与我不同，看上去很高兴，仿佛能找到我是一件了不起的事儿。这让我害怕，我能感觉到，他眼睛里有光，对我有所期望，好像我有什么特殊才能，可以帮他完成某个心愿，我害怕，害怕自己做不到，所以我说了谎，当他问我接下来是否有空时，我说真不好意思，已经约了人，聊出书的事儿。他不以为意，说没关系，那我们约明天。

我坐上出租车，仓皇而逃，心里自责，不应该如此对待老朋友。秋天，又是秋天，上一次，我从他身边逃开也是秋天。

田仙一说过，秋天是美酒的发明者，因为水果成熟，发酵，自然而然便有了酒。以前，酒是我逃避时的归处，是我的温柔乡，现在欢子取代了酒的地位。晚饭时，我告诉她下午的遭遇，如何遇见刘海洋，又如何说了谎。她不解我为什么要说谎。就像是一种应激反应，我试着解释，比如鸵鸟，遇见天敌追击，实在逃不掉了，就把头插进沙子里，你说它有什么道理？她瞪圆眼睛说，那是鸵鸟的本能，它习惯了，你也想习惯撒谎吗？是不是以后也要对我说谎？然后得出结论，哪起哪了，既然答应了明天和刘海洋见面，就要赴约，还要承认自己今天说了谎，向人家道歉。你不要怕，我陪你一起去，她补充说。

我约了刘海洋吃午饭，听欢子的建议，订在环贸的鼎泰丰，既吃了台湾菜又吃了小笼包，一举两得。见到欢子，刘海洋略显拘谨。欢子是自来熟，几句话打开话题，道出我昨天撒谎的行径，调笑我对海洋是真爱，所以才会害羞跑掉，让她感觉到嫉妒，今天特意来看看。我面红耳赤，以茶代酒，向海洋赔罪。海洋连说正常，他能明白我的感受，在老家有时候朋友找他喝酒，他犯懒也会撒谎推脱。有欢子在中间调和，我和他像是相亲对象，又慢慢熟悉起来。偶尔他似笑非笑，眼角眉梢，还会显露出昔日我认识的那个少年的神色。几番对话之后，我提出心底最好奇的那个问题，假装是我的读者，去杂志社询问我住址的是不是他。他笑笑，挠挠头，说就是我，其实我已经来了有半个月了，每天都会去杂志社门口等你。

——为什么不直接给我打电话？

——怎么说呢，我就是想试试，自己有没有能力做个侦探，你明白吗？我想试试看，不给你打电话，只是通过我掌握的线索，能不能找到你。

欢子问，为什么呢？想做侦探？他沉吟片刻，喝了口水，看着欢子说，你可能不知道，我爸很早就去世了，被人害死的，凶手却一直没抓住，我这次出来，就是为了抓凶手。接着看向我，又说，之所以来找你，是想找你帮忙，你写小说，思路活，很多事情想听听你的意见，这个先不说，一会儿咱俩细聊。

吃完饭，欢子识趣离开，回健身工作室工作。我和海洋转场到淮海路上的一家咖啡馆，继续聊天。他抽烟，我们坐外面，太阳刺眼，他戴上墨镜，夹着香烟，骄傲忧郁，比我更像文艺青年，更配这眼前的繁华都市。淮海路上，车来车往，他指着刚刚驶过的法拉利说，来上海这么多天，到处溜达，看见的豪车比在东北半辈子看到的都多，如果我现在还年轻，二十几岁，肯定也来上海，真的，好地方谁不愿意来啊，干快递也行，一点不扒瞎……一个女店员送来咖啡，她的虎口有一个猛虎下山的文身，他指着文身，称赞漂亮，女店员笑着离开。他一边挽袖子，一边说，我也文了个身，来之前刚弄。文身在他的小臂内侧，右边是"去伪"，左边是"存真"，宋体，很精神。

他的文身让我想到我爸与明明的一件往事。也许因为是军人，我爸特别讨厌文身。明明是我爸把兄弟大哥的儿子，当年十九岁，由于在家乡唐山惹了事儿，被送到我家避祸，接受我爸的管教。为了方便看管，也给他找点事儿做，我爸让他给自己当司机。他有一张堪称可爱的娃娃脸，眼睛弯弯，嘴角自然上翘，看着"人畜无害"，却是假象，其实天性好斗，打架时脸上也会挂着笑容，而且脑袋里全是怪想法，眨一下眼睛，一个点子就会变成俩。他想要文身，我一点也不奇怪，不幸的是，被我爸发现了。当时是春天，为什么我和海洋也会在车上，已经记不清了——可能我爸也想借机教育我俩。明明开车，我爸拉着脸，坐副驾驶，气氛沉重，一路上谁也没说话。最后，汽车停在一家理发店的门前，我爸带头下车，走进店内，叫来老板，当着老板的面，命令明明脱掉上衣。明明不情愿，依旧照做。我们纳闷，等到他光了膀子，看见他右肩膀上二龙戏珠轮廓的文身图案，才明白到理发店的原因。老板也明了我爸的来意，意欲解释，我爸摆手拒绝，坐到一旁，让我和海洋靠边站，然后轻描淡写地告诉明明，把店砸了。明明疑惑，老板意外。我爸催促快点，自己还有事儿。这一次明明没再犹豫，操起一把椅子，先砸店内的镜子，又砸了窗户的玻璃。老板喊人报警，我爸说，不用报警，我都赔你。经此一事，城里再没人愿意给明明文身，从根源断了他的念想。很多年后，有一次打电话，我问起他的半成品文身，他说，别提了，原来还有点龙的样子，现在变成皮皮虾玩球了。

你还记得这件事儿吗？我问海洋。听到明明的名字，他露出耐人寻味的表情，好像在咀嚼难吃的食物，几番挣扎，才勉强咽下，思忖片刻，他说，你知道吗？说起明明，我怀疑他就是害死我爸的凶手。我被他的话吓了一跳。明明的娃娃脸浮现在脑海里，模糊却亲切，不管是现在，还是过去，我都不敢说自己了解明明，但就是有种说不上来的感觉，一个坚定的声音告诉我，那不可能，明明不会是杀死三叔的凶手。我问，为什么你会怀疑明明？他反问，你还记得那年正月十五，我，你，还有都灵，一起去人民广场看烟花吗？

记得，而且很清楚。那是一九九七年，正月十三，很多人说，今年元宵节的烟花不会放了，我心存侥幸，还是约了都灵和海洋，明明本来也要去，送我和都灵到了人民广场，却临时变卦，开车跑了。虽然没有统计过，但我猜中国的每个城市都有一座人民广场。我家乡的人民广场正对着市政府，东边是新华书店，我们和海洋在那里会合，等到八点，消息传来，烟花停放，但我并未感到失望，我确定这一点，因为那一晚，都灵一直挽着我的胳膊，我和她就像一对恋人。我们随着四散的人群闲逛了一会儿，现在回想，就像是在别人的梦中游荡。

后来，我们决定去看电影，在这一点上，我和海洋的记忆发生了分歧。我记得是都灵的提议，海洋坚持说是他的。

这件事儿，咱们就别争了，我不会记错，他自信满满，知道为什么吗？我没想争，不再说话，轻轻摇头。他问，去电影院的路上遇见二炮了，还记着吗？我再次摇头，他稍显得意，接着说，不记得也正常，你光顾着和都灵卿卿我我了，所以不记得。当时二炮是在等我，我和他约好了，我提议去看电影，就是为了去找他，明白了吗？其实我早就猜到了没有烟花，但我还是出来了，因为我怀疑我妈有了别的男人，我想知道是谁，就让二炮在我家楼下等着，有消息了，在去电影院的路上告诉我，明白了吗？

结果明明开车去你家了？

一旦有了提示，这一点也不难猜。当时我就知道明明在搞对象，问过几次，他都神神秘秘不肯说，我以为是怕我嘴不牢靠，告诉我爸，没想到对方是三婶儿。

你早就知道了？海洋看我，隔着墨镜，也能感受到他的警觉。

我说本来应该早就猜到的，可惜那时候小，这方面不敏感。他又上来了考验人的劲头，问我，如果你那时候就知道了，会告诉我吗？

这个问题相当奇怪，惹人生厌。既然你当时有计划，二炮守在你家楼下，难道他没看见明明吗？没告诉你吗？话说到这里，我忍不住再进一步，问他，为什么隔了这么多年，才开始怀疑明明是凶手？

他好像被碰到了痛处，推了推眼镜，喝了口咖啡，叹了口气说，我也是最近才知道，当时二炮撒了谎。我更生气了，问，那他是怎么说的？他摘了墨镜，用充满歉意的眼神看我，说这件事儿我要替二炮向你道歉，他当时告诉我，开车去我家的是你爸。

我愤然骂了句脏话，他有病吧？为什么要编瞎话？

因为都灵。可能是为了显示真诚，他一直看着我，但他自己不知道，他歉意的眼神只会让我更恼火。你和都灵关系暧昧，他嫉妒。他很早就爱上了都灵，后来终于把她追到手，结了婚，有了个儿子，你也知道吧？他几乎是用夸赞的语气说出这些话的，而那个"爱"字，让我恨得牙根痒痒，同时也让我深刻地明白，他已经不再是我曾经认识的刘海洋，想当年，他是一个隐忍独立的少年，二炮是他的跟班，现在他竟然开始给二炮捧臭脚了。

与此同时，另一件事儿也清晰起来，我刺伤他这件事儿，如欢子所言，应该是他们在搞我。因为二炮的谎言，刘海洋以为我爸和他妈有奸情，由此恨我爸，进而恨我，他们应该是想利用都灵戏要我，羞辱我，没想到我带了刀，所以打电话的时候，他才会说，应该道歉的是他。我问他是不是这么回事儿？他点头称是，又补充说，其实是二炮的主意，他一直很犹豫。我并不关心他们的态度，只在乎都灵的反应。问他都灵当时是否知情，他摇头。我喜欢的人终究没有联合别人欺骗我，心里疼了一下，瞬间又轻松了几克，仿佛二十年前被刺进一根针，现在终于拔了出来。我努力回想都灵的脸庞，依旧模糊不清，唯独那对兔牙，变得洁白明亮，可爱了许多。至于她为什么会嫁给二炮，我不愿多想，也不愿多问，人生起落，很难说清，尤其是后来二炮还发了财，某种程度上，金钱才是婚姻的基础。

但我恨二炮，无论如何不会原谅他，毫不夸张地说，他的谎言改变了我们的人生轨迹，像他这样的卑鄙小人，竟然在我生活中的某个时刻充当了上帝的角色，这是我所不能容忍的，那种感觉，就像是被苍蝇伸腿绊了一跤，荒谬而羞耻。更让我觉得羞耻的是，刘海洋和二炮居然还是朋友。

——你现在和二炮还有来往？

他感受到我的敌意，别有深意地说，他一直是我哥们。

冲他这句话，我就知道，我和他很难再发展出友谊了，甚至继续陪他聊天，对于我也成为一种负担。这次见面的终点已经近在眼前，而以后再次坐在一起看街景喝咖啡的机会更是少之又少，或者可以肯定地说，绝不会再有，这么一想，又难免难过，为了给彼此留下一个好印象，我故作轻松地转换话题，说算了，过去就过去了，咱别说二炮了，还是说明明吧。他却不依不饶，咬着眼镜腿，挑衅地看着我说，二炮的事儿还没说完呢，知道为什么他是我哥们吗？话语间，他带出一种优越感，好像做他的哥们是一种荣耀。我觉得可笑，争辩或者说服也全无必要，便附和他问，为什么？他放下眼镜，转过身子，指着太阳穴上的疤痕给我看，这个疤瘌，是我上师专的时候，被一个篮球专业的小子弄的，缝了七针，二炮知道了，二话没说，过去就把那小子打了一顿。他又摘下手表，扔到桌子上，说这是我刚上班的时候，他送我的礼物。手表看样子应该是个名牌货，我也懒着仔细分辨。这个眼镜，也是他送的。他结婚时，我是伴郎，他生儿子认我做了干爹，每个月他都会给我送鲜肉和水果，我们家就没自己买过，基本都是他送的。我倒不是在乎这些东西，主要是这份情义，你明白吗？这么多年了，不管是什么事儿，只要我叫他，肯定奔儿都不打，第一时间赶过来，他能始终为我着想，甚至很多事儿能替我想在前头，什么叫哥们，这才叫哥们，你明白吗？他有点急了，好像还有点责备我的意思，仿佛我也应该像二炮一样，陪伴在他左右，可最终却抛弃了他，可是我离开还不是因为二炮的那句谎话，二炮才是罪魁祸首，至于二炮为什么对他这么好，我邪恶地想，或许是爱情。我忍不住讽刺他，你能有这样的哥们，挺好的。他没听出来，或者听出来了并不在意，重新戴上眼镜，叹了口气说，已经没有了，死了，上上个月刚走，肝癌晚期。

　　一大段沉默，我们都失去了朋友，却无法互相安慰，这让我觉得难过。我想了想田仙一，想到他曾问过我，知道为什么沉默是金吗？其实这是一句缩写，完整的句子应该是：沉默是考验人与人之间关系的试金石。有些人，即使分隔两地，互不通信，沉默多年，再次相聚，依旧会亲密如初。我和海洋显然没有经受住考验，等到他再次开口说话，我感觉我们的关系又疏远了几分。他说，你知道吗？二炮在去世的前一天告诉我他有两件事儿对不起我。很容易猜到，刚刚说到的谎言就是其中一件，我问，另一件事儿是啥？

——他说，他就是杀死我爸的凶手。

他的眼睛在墨镜后面紧紧盯着我。我虽然意外，但还没有到震惊的程度，见我反应不大，他失望地咬了咬嘴唇。

——他说原因了吗？

事发时二炮还是个初中生，想象不出和三叔有什么交集。

——他说是个意外。当时他已经快不行了，说话都困难，我也没多问。

——告诉警察了吗？

他摇头。

——目前为止，只有你知道。

——就算他承认了，你还是认为不是他。

不然他也不会怀疑明明。

我看他，他也看我。他说，没有证据，但我就是知道。

——他不是，为什么要承认呢？

——因为他知道这件事儿是我的心病，二十年了，这件事儿一直折磨我，他想给我一个结果，帮我解脱。

我恨不得抽他两耳光，让他醒一醒。他看着我，又说，我知道你理解不了，但这是真的。

其实我能理解，无非是面子问题，这么多年，他一直当二炮是最好的哥们，亲兄弟一样，结果二炮竟然是他的杀父凶手，他竟然被杀父凶手哄得团团转，事情传出去，在别人眼里，他和傻子又有什么区别。为了维护自己的尊严，他当然不能承认二炮是凶手，不仅不能承认，还要另外找出"真凶"。问题在于，他是揣着明白装糊涂，还是完全被二炮对他的好洗了脑，认为他确实是无辜的？从他的状态看，我倾向于是后者，这让我无比厌烦。为了阻止自己口出恶言，我借口去厕所，离开座位。

咖啡馆太小，没有卫生间，要去五十米外的公厕，这正合我心意，甚至想借着尿道一走了之，但总归是于心不忍。

离开公厕，手机响，是一个陌生号码，对方的声音很温柔，带东北口音，说，我是海洋的妈妈，你三婶儿啊。我心中温热，脑海中浮现起很多关于她的记忆碎片。

三婶儿叫李燕，年轻时是个大美人，明明认为她像王祖贤，我则觉得她更像林黛玉。现实中，我从来没叫过她三婶儿，因为她不让，说喊老了，让我叫她燕儿姐，我妈又不让，我左右为难，所以每次看见她，我都不喊人，只是对她笑，她好像也知道我的难处，也对我笑，有时摸摸我的头，有时捏捏我的脸，算是打招呼。因为我有婴儿肥，她和三叔一样，爱捏我的脸。她捏得很温柔，手总是带着凉气。三叔去世后，她经常吃药，我始终记得她吃药的样子，一大把扔到嘴里，用玻璃杯喝水，纤细的脖子艰难收缩，仿佛有一只透明的手掐住了她的咽喉。我不记得她有工作。我去找海洋，有时会连着几天见到她，有时又会连着几天都见不到。她喜欢看录像，那时候没有网络，也没有DVD，只有录像机，要租录像带。印象里，如果她在家，电视里多数时间在放录像，香港的比较多，偶尔是欧美的。她总是把声音调得很小，几乎听不到，说是怕影响我和海洋学习，可即使我和海洋不学习，和她一起看，她也不会调高声音。她胆子很小，海洋把笔转掉地上，她也会吓一跳。有时候，因为什么剧情，被感动了，她会默默哭泣。记忆最深的，有一次，我去找海洋，海洋租带子去了，她自己在家，正拿扑克牌算命，见我来了，就改成给我算。我也不懂，全靠她解释，都是好话，翻出9，就说九九十成，翻出10，就说十全十美，最重要的节点，翻出来的居然是大王，她特高兴，抱住我庆祝。当时是深秋或者冬天，她穿着酒红色的毛衣，我的脸贴在毛衣上，感受到从未有过的柔软，而这份柔软直到现在还铺在我心底。

三婶儿说，我是从你妈那儿要的电话，不好意思打扰你，就想问问你，海洋是不是去找你了？我说是，我们在一起呢。三婶儿说，那我就放心了，他最近心情不好，你也知道，他心事儿重，很多事儿也不和我说，都藏在心里，要是跟你说了，你帮我多开导他。我说，您放心，我会的。

挂了电话，我站在路边，直想喝酒，我不会开导人，但酒可以，不然哪来的一醉解千愁。路对面有一家西餐厅，三个老外坐在外面喝啤酒，我不由得想起田仙一，如果他还活着就好了，我们可以带着海洋一起喝酒，或许他现在需要的正是大醉一场。想到这里，我打给欢子，问她酒量如何。她警惕，问我想干吗？我说需要你陪酒，晚上把海洋灌醉。她问为啥？我简述经过。她说，哎呀，这个我也要批评你，不能先入为主，万一那个二炮是真的在自我牺牲呢，也说不准，感觉还挺浪漫的。当然了，我也觉得，还是临死前承认罪行的可能性更大，这样的话，你也不用烦，既然二炮能给他洗脑，我们肯定也可以，别忘了我是干啥的，做健身这一行，不会洗脑怎么可能挣钱呢，到时候，我帮你洗，保证给他洗得白白净净。我被她逗笑了，振作精神，回到咖啡馆。海洋说，我以为你走了呢。我说不能够，我没那么不地道。

　　咖啡已经见底，太阳偏西，气温有所降低，微微起了风，吹在身上十分惬意。我提议，走一走，他也同意。我们沿着淮海路，走向新天地。几辆哈雷摩托组成的车队突突突地从我们身边经过，他指着他们的背影说，我也有一辆，二炮送的，好几年了，就上下班骑过几次。我问为啥不骑了。他说，妈的，校长不让骑，说噪音太大，打扰学生学习。其实都是扯淡，说白了，就是觉得骑这种摩托的不像好人，不符合老师的形象。他点上一支烟，深深吸了一口，又接着说，小地方就是不行，真的，你来上海就对了。我说，上海好是好，就是太费钱，你知道刚才那几辆摩托的沪A牌照，多少钱一个吗？我本来也不知道，是田仙一告诉我的。他喜欢摩托车，因为买不起牌照，退而求其次，弄了一辆电动车，后来有一次酒后骑车，撞了，擦伤了脸，在摩托和颜值之间，最终选择了要脸。海洋问，多少钱？我说，前两年大概要25万，现在应该又涨了。他撇了撇嘴，继续吸烟。关于摩托车的话题，就此结束。

我们拐上思南路，在思南公馆里转了一圈，看见一家叫拳击猫的啤酒屋，他说，要不喝一杯？我说晚上吧，让欢子陪你，我戒酒了，现在滴酒不沾。他说，那你和二炮一样。他也许是无心之言，对于我却是冒犯。

——他可能是害怕酒后吐真言。

虽然我用了可能两个字，语气却十分肯定。

听出我一语双关，他皱了皱眉，原地站住，问我，二炮的事儿，你到底是怎么想的？说实话，没事儿，我都能接受。因为走得太热，他挽着袖子，去伪存真的文身清晰可见。他也想弄清真相，所以才会文身，可是用针将墨水刺进皮肤容易，在现实生活里，穿越时光飞流，剥开层层迷雾，找出真相，则难上加难。我又想到欢子的话，万一我错了呢，感情用事，爽的只是我自己，对他毫无帮助。我说，我怎么想，并不重要，都是空口白牙，没有证据，争来争去也不会有结论。如果想知道真相，最好的办法还是告诉警察，让他们去查。

他继续往前走，好像在认真思考我的建议，过了一会儿，又说，除了你我暂时还不准备告诉别人，接着突然想起来，转头问我，是不是你女朋友也知道了？我安慰他，别紧张，欢子是局外人，知道了也没关系。他松了口气，但很快又紧绷起来。

明明就不可疑吗？等红灯时，他问我，警察曾经跟我说过，我爸很可能认识凶手，而且，你记得他那两年为什么会躲在你家吗？

我当然记得，他是因为女孩儿和别人争风吃醋，一个电炮差点把人家眼睛打瞎，才惹上事儿的。本来想拿钱摆平，不承想对方家里也不差钱，只想把他弄进去，没办法，大伯才会送他到我家。

这又能说明什么呢？明明会为了喜欢的女孩儿打架，不代表他就会为喜欢的女人杀人，就像喜欢看"爱情动作片"的人并非强奸犯。另外，时间顺序也是问题，无论是从人之常情推论，还是根据我有限的记忆猜测，应该是在三叔去世之后，三婶儿因为悲伤也好，因为寂寞也罢，一时情感空虚，才会和明明发展出恋情。而他们恋情结束的日子，也正是那一年的正月十五，差不多在二炮向海洋说出那个改变了我们人生轨迹的谎言的同时，三婶儿向明明提出了分手。在那天电影散场后，我回到家里，发现明明正躺在床上蒙头哭泣。他说他失恋了，他要离开，去厦门，去找四叔，跟着做外贸，挣了钱再回来，把刚刚甩掉他的女人娶到手。他说到做到，不久后果然去了厦门，却是一去不返。

明明有没有嫌疑？在我看来，一点也没有，但海洋不这么想，我也能理解，明明和他妈妈谈恋爱无疑是对他的冒犯，是无法原谅的背叛，所以他恨明明，恨不得他就是自己的杀父仇人。

我回答他，虽然可能性很小，但也不是完全没有。

假设三叔还在世时，明明就爱上了三婶儿，甚至控制不住自己的感情，做了什么过分的举动，比如说，表白，然后三婶儿告诉了三叔，三叔去找明明谈话，结果两人谈崩……我不愿再想下去，根本是无稽之谈。

他听到了自己想要的答案，如释重负，看我的目光却变得更加炽热。

——过几天我就去厦门，去找明明，你能陪我去吗？

我不想去，我不想离开欢子，可我也答应了三婶儿要劝他，万一他和明明起冲突怎么办？红灯变绿，身边的行人动起来，我不再犹豫，说可以啊。

傍晚，欢子来找我们，一起吃饭。说起去厦门，欢子兴奋，问我能一起去吗？海洋说，没问题，我不介意给你俩当灯泡。欢子说，好，那就开车去，自驾游，到时候还要麻烦你多给我俩拍照片。

饭后，海洋说请我们喝酒，去富民路，时间早，还没开始上人，我们在角落找了一个位置，欢子陪他喝啤酒，我喝可乐。作为一个老酒人，看他俩的状态，就知道海洋的酒量不如欢子。欢子的姿态和田仙一很像，漫不经心地拿起酒杯，喝一大口到嘴里，含两秒钟，好像在想，这么难喝，要不要吐了？算了，花钱买的，还是咽了吧。见我观察她，她含着酒，鼓着腮帮笑，像生气的河豚。海洋则喝得很快，仿佛急于灌醉自己，一瓶下肚，脸就红了，开始给欢子讲我和他的故事，声音越来越大，东北味也越来越浓。我们两家是世交，他爸，也就是我二大爷，和我爸，是把兄弟，一个头磕在地上，过命的交情……他扎过我一刀，你知道吧？可深了，我在医院躺了半个月，但我不怪他，知道为什么吗？因为怪我，是我的错，我要郑重地向你道歉，我们喝一个，你这是可乐……可乐我不和你喝……我知道你怪我，我都知道……有时候，真的，真的是，身不由己，你明白吗？身不由己……说到动情处，他抓住我的手，他的手心滚烫，眼圈泛红，真的，我不骗你，骗你我是孙子，这么多年了，我俩一直没联系，但我一直惦记你……这辈子……这辈子还没过完哈，那就半辈子，我这半辈子，就有两个真朋友，一个二炮，一个是你……我知道你不喜欢二炮，但死者为大，我必须替他说两句……就算他是浑蛋，可是爱情这东西，怎么说呢，有时候就是控制不住，你明白吗？欢子插话问，就是说，你相信爱情？相信，当然相信。欢子又问，那你有女朋友吗？没有，我不配，爱情是奢侈品，我还不配拥有，你明白吗？欢子问为什么？他深深叹气，怎么说呢，我爸死的时候，我就暗暗发过誓，不抓到凶手，我就不结婚。我说，不结婚，也可以谈恋爱啊。他喝酒，叹气，谈过，可是不结婚，也不能让人家总等着吧。我说，可是结婚和抓凶手并不冲突啊。他好像一下醒了酒，思维又灵敏起来，指着我和欢子问，那你俩为什么还不结婚？后来，又说到他的工作，没意思，特没意思，小学老师就跟保姆一样……孩子上体育课，打篮球，牙被砸掉了，家长居然跑去跟校长告状，说我虐待学生，要起诉我……就这样的家长，我跟你说，就没好……他举杯的频率越来越慢，音量也降下来，眼神越来越迷离，最后干脆靠在椅子上不动了。欢子坐在旁边，看着就像没喝酒。我说，你可以啊，她把头靠在我肩膀上，说我已经喝多了。店里挤满了二十岁左右的年轻人，吵吵闹闹。我说那差不多，我们走吧。欢子说，我现在不能动，动就要吐，让我先缓缓，你先送他回去，然后再来接我。我叫醒海洋，他还装大个，说不用送，我自己能回去。挣扎着自己站起来，结果差点跪地上。我扶着他走到街上，看见路边的外卖小哥，他又来劲儿了，说我真没喝多，我还能骑摩托呢。说完死活要去借摩托，被我强硬拉住，塞进欢子的轿车。他在车上睡了一路，回到酒店房间清醒了一点，终于承认自己喝多了，然后又拉住我，问我，你是不是觉得我特失败？我说没有，他说你没说实话，我就是失败，特失败，一事无成，你知道吗？有时候我特别恨我爸，怎么就他妈的死了呢，如果他还活着，我就是个富二代，活得不要太潇洒，真的，说不定我也来上海了，天天他妈的泡酒吧，你明白吗？我不是想天天泡吧，就是这个意思，你明白吗？我说我明白。他说，你不明白，没人明白，我被困住了……他被自己的唾沫呛到，咳起来，我帮他捶了捶背，他缓过来，搂住我的肩膀，头顶住我的头，说，啥也不说了，你只要知道我把你当兄弟，就行了。我说行，我知道了，你也是我的好兄弟。他说，那就哦了。他松手，倒在床上，背对着我，蜷缩起身体，不再说话。看着他的背影，我心里一阵阵难过，但也不知道难过什么。我给欢子发消息，说我就回了。开门离开时，房间里响起轻轻的鼾声。

赶到酒吧门前，欢子就坐在路边，手里拿着一根未点燃的香烟。我扶她坐进车里，她晃了晃香烟，说我没抽啊，一个帅哥给的，就是想炫耀一下我该死的魅力。很快，她睡着了，脸侧向我这边，表情严肃，好像还在思考问题。到了楼下，叫也叫不醒，只能背着她上楼。她倒是不重，但手长脚长，背起来也蛮累，上到二楼，我已经满头大汗，她在我背上呵呵笑，问，我演技还可以吧？我说相当好，去横店演尸体，绝对不会穿帮。她又问，那你和我在一起快乐吗？我说，快乐，相当快乐，如果你再勒我脖子，我可能就快乐死了。她松开胳膊，双脚落地，扶着墙站稳，我扶着她喘气。她没头没脑地说，以后我们要做彼此的快乐指南。我说，好，我们就做彼此的快乐指南。

到家，躺到床上，她迷迷糊糊地说难受。我说不行你就吐了吧，吐出来好受，都怪我，不该让你喝酒。她说，不能吐，这是我们家的传统，花钱买的酒，怎么能吐呢，我睡一觉就好了，那什么，我哥的小说，你给我讲一个，小时候，我睡不着，他就给讲故事，他一讲，我保准睡着。我说行，让我想想。我在脑袋里搜索了一圈，选定一个短篇。我说这个故事的名字叫《功夫小镇》。

故事的主人公叫小刘，二十出头，在大城市做快递员。他最好的朋友叫阿万，是他的同事，也是室友。

这个阿万有点特别，因为他会功夫，不是那种花拳绣腿，而是打人的真功夫。小刘见识过两次，一次是他俩出去吃消夜，在小区里遇见一条大狗正在撕咬老人，很多人围观，但都不敢上前，阿万二话不说，飞起一脚，将大狗踢晕了。还有一次是一个壮汉在电梯里抽烟，阿万轻轻用手指点了一下壮汉的腰眼，壮汉顿时疼得吱哇乱叫。

小刘问阿万功夫哪学的，阿万说，他来自一个小镇，镇上的人都会武功。小刘想学，阿万说行啊，你就先练蹲马步吧。就这么着，小刘蹲了半年的马步。接着，阿万开始教他拳法，一套洪拳，教了一半，阿万出了车祸，死了。小刘难过，帮着公司人事处理阿万的后事。过了两天，人事联系小刘，说阿万的家人想找他帮忙，并给了他一个手机号。他马上打过去，接电话的是阿万的爷爷，说阿万命苦，父母双亡，现在只有他这么一个亲人了，年纪又大了，行动不方便，所以想请小刘帮忙，将阿万的骨灰送回家，费用都由他出。小刘讲义气，毫不犹豫地答应下来。

几天后，小刘坐火车，又辗转换了几趟汽车，傍晚时分，终于来到阿万的故乡小镇。阿万爷爷热情地接待了他，还称赞他一看就是练武的材料，但让他稍感诧异的是阿万爷爷看上去并不难过。

得知他打算住一晚就离开，阿万爷爷邀请他多住一天，因为第二天镇里将要举行一年一度的比武大赛，特别热闹，机会难得，不如看完再走。小刘在网上看过拳击，格斗比赛，现实里还没见过真正的比武，心生好奇，便答应多留一天。

阿万爷爷没说假话，比武大赛果然好看，一招一式，货真价实，比看武侠电影还过瘾，但很快小刘发现，上台比武的都是老头，连台下的观众也都是老头。他不明所以，问阿万爷爷，阿万爷爷说，没什么奇怪的，早就这样了，年轻人都出去打工了，镇里现在全是老年人，老太太对打打杀杀没兴趣，所以都不来看。

阿万爷爷也参加了比武，打赢了三个老头，第四轮以一招之差，败在一个胡姓老头手里，最终胡姓老头拿到了冠军。小刘安慰阿万爷爷，输给冠军，不丢人。阿万爷爷感叹，便宜这个老小子了。小刘不解，问是什么意思。阿万爷爷说，没什么，明天你就知道了。小刘更糊涂了，说我明天就走了，您还是现在就告诉我吧。阿万爷爷说，放心，明天你肯定会知道的。

因为要赶车，小刘睡得很早，却睡得不好，做了一夜怪梦。梦里一会儿是大火，一会儿是大水，还有电闪雷鸣，好像一直有人追他，他一会儿跑，一会儿跳，一会儿游泳，一会儿飞，飞着飞着，突然发现自己变成了风筝，接着风筝的线被什么人剪断了，他开始随风上升，越升越高，同时感觉自己也越来越小，从一米七缩成一米，再缩成一厘米，直至缩成一个原子，随之而来的是一瞬的黑暗，他以为自己终于醒了，努力睁开眼睛，却发现自己还是原子，还在梦中，不同的是，世界发生了颠倒，他开始坠落，变大，从原子变成鸡蛋大小，篮球大小，最后变回了自己，伴随着电闪雷鸣，他回到了地面，回到了床上，这一次，他真的醒了，昏头昏脑地看了看手机，四点多，天还没亮，他感觉到从没有过的困乏，翻身又睡了过去。

等到再次醒来，已经是上午八点，尽管仍旧困乏，他还是坚持爬起来。阿万爷爷在准备早饭，笑着招呼他，眼神却有些异样。他走进卫生间，打算洗漱，看见镜子中自己的脸，吓了一大跳，以为还在做梦，慌忙掐了掐大腿，很疼，不是梦，他再看镜子，惊叫一声，吓得坐到了地上。镜子里映出的根本不是他，而是昨天的比武冠军，那个胡姓老头。阿万爷爷闻声赶来，扶他起来，他抓住阿万爷爷，问这到底是怎么回事？阿万爷爷笑着说，恭喜你，继承了一具不朽的身体。他更蒙了，问什么意思？我的身体哪去了？阿万爷爷扶着他走出卫生间，边走边说，这还不够明显吗？你和老胡交换了身体。他追问，老胡现在在哪？阿万爷爷把他按在椅子上，不紧不慢地说，就算你能找到他，也换不回来了。老胡的移魂术，只能用一次。而你又不会。小刘强迫自己镇静，想了想，又问，什么是移魂术？为什么他要换走我的身体？阿万爷爷坐到他对面，耐心向他解释，所谓的移魂术，是我们小镇的第一秘术，只有比武大赛的冠军才能习练，练成后也只能用一次。至于为什么选你，首先，这是我们小镇的传统，每个使用移魂术拿到年轻身体的人必须要再带回一个年轻人，这里的每个老人都渴望着重回年轻，再活一次，然后永远死去。其次，为什么偏偏是你，这要问阿万，是阿万选了你，原则上，应该是他亲自带你回来，可惜他死了，我才不得不联系你。为什么是我联系你呢？因为我才是阿万。小刘吃惊不小，问，你也是……被换了？阿万爷爷点头，接着说，作为过来人，我劝你看开点，你想做的事儿，我都做过，没用，想离开这个地方，离开这个身体，唯一的办法就是苦练功夫，打败镇上的所有老家伙，夺得比武大赛的冠军，习得秘术。说完，阿万爷爷开始吃早饭，吃了几口，又补充说，而且你知道吗？这里所有的老头都是这么想的，所以啊，你必须要比他们更努力才行。小刘想了想又问，你刚才说，我继承了不朽的身体是什么意思？阿万爷爷咽下嘴里的食物，拍了拍自己的胸脯说，就是字面意思，再过一百年，你也还是这么老。小刘暗暗想，这勉强能算是一个好消息。

讲到这里，欢子已然睡熟，仍旧是一副气呼呼的表情，不知道是对故事不满，还是正在做怄气的梦。我揉揉她的脸，帮她提了提嘴角，她不耐烦地晃晃头，咽了咽吐沫，说口渴。我倒了杯水，扶她起来，她闭着眼睛喝了半杯，胡乱擦了擦嘴角，不耐烦地说，关灯啊，浑蛋。说完倒头又睡，这一次表情轻松了许多。

我关了灯，围绕着厦门之行胡思乱想，究竟要如何向海洋证明明明的清白呢？一团乱麻，毫无对策。伴随着懊恼与感伤，困意来袭，排山倒海，我搂住欢子，就像搂住救生筏，带着混沌的思绪，沉沉睡去。

## 第四章：如果游到鼓浪屿

欢子喜欢做计划，列清单。日常工作的计划表会详细到分钟，去超市购物，清单中肉和蔬菜会标出精准的重量，周日家里做扫除，先做什么，后做什么，也有一套标准的流程，打印出来，塑封压膜，挂在墙上。对于去厦门，她兴致高涨，又是我们第一次一起旅行，清单必然不能少。工作安排一张，汽车保养一张，超市购物一张，除去第一张，都是我的任务。见我忧心忡忡，她开解我说，别怕，兵来将挡，水来土掩，我有预感，结果是好的。我的预感正好与她的相反，到了厦门，见到明明，一定会出事儿，至于后果如何，则取决于海洋的动作。我试探着问海洋，见到明明后，准备怎么做。他支支吾吾说还没想好。走一步算一步吧，说这话时他摆出一副满不在乎的表情。我知道他没说实话，他肯定有计划，甚至来上海找我，拉上我一起去厦门，也在他的计划之中。他是一个聪明人，心机很重，从小就这样，不然当年我也不会被他耍得团团转。我不是怪他，也不想抱怨，至于他喝醉后说的那些话，我相信，也是一片赤诚，如果是我，可能比他说得还肉麻。他把我当好哥们，我也愿意同样待他，但人心如秤，"好"字各有分量，就我而言，明明更加亲密，他当然也明白这一点，所以才会对我有所隐瞒，所以，尽管不情愿，我还是要和他去厦门，万一他和明明起了冲突，我在中间也是个缓冲。

出发前，我给明明打电话，简述事情的原委，本想和他商量办法，如何洗清他的嫌疑，他却像以往一样，嘻嘻哈哈，说没事儿，你不用担心，尽管来，你来了我就高兴，其他的到了再说，我有谱。我说行吧，那你等着吧，我们明天动身，可能在福州住一晚，后天中午到。

行程都由欢子安排，她自己当老板，休假倒也方便。周五早上，下小雨，九点启程，先去酒店接海洋，他心情不错，说我一直向往自驾游，今天终于实现了。欢子说，这还不简单，你要是喜欢，我们以后每年都可以玩几趟。欢子喜欢自驾游，田仙一也喜欢，过去他叫过我几次，我都拒绝了。他讽刺我是宅男，我也无所谓。坐长途车总是让我昏昏欲睡，我讨厌昏昏欲睡。

欢子开车，跟着导航，走内环，进中环，上沪昆高速。雨越下越大，落在车顶，噼啪作响，像在放鞭炮，驱赶着我的困意。车里开着广播，放音乐的间隙，女主持人通报说，气象局刚刚发布了暴雨橙色预警。通过后视镜，可以看到身后黑云压城，滚滚而来，我们坐在车里，疾驰向前，仿佛正在逃离一场灾难，这么一想，感觉竟然不坏。

欢子听着广播，开着车，还能和后排的海洋聊天，一心三用，这是她的本事，我万万做不到。自然而然说到明明。海洋说，该说不说，我认识的人里，属他最好玩，你还记不记得那一次，他拍了拍我，笑着继续说，我们那新开了一家游泳馆，有两个跳台，然后我们一起去游泳，他非要逞能去跳最高的那个跳台，结果跳下去，裤衩竟然冲掉了，被大伙儿看了个溜干净。欢子也笑了，问裤衩怎么会掉呢？海洋明显记错了，我不得不接腔说，因为太大了，兜水。欢子问，你怎么知道？

——因为那个人是我，不是明明。

严格来讲，那并不是一家游泳馆，它用的是温泉水，在地方电视台打了很长时间的广告，宣传点也是泡温泉，模特的比基尼足够暴露，广告语里用到了香车宝马这个词，以至于后来我在文章中读到，第一联想永远是白花花的大长腿。那里可以游泳，纯属因为池子够大，不知道为什么修了两个跳台，矮的五米，高的七米，总之是不伦不类——上世纪末的很多所谓创新大抵如此，作为小城市的新鲜事物，也确实红火了好一阵。我们去的时候是冬天，刚开业不久，海洋妈妈带头，印象里并没有买票，好像老板是三叔的朋友，虽然三叔死了，但人情还在。现在算算，当时海洋妈妈和明明应该是情侣关系，只是我和海洋并不知情。如果我没记错的话，最先上台跳水的是海洋，他喜欢刺激的活动，就像现在依旧爱骑摩托车。接着是明明，他应该是不想上的，差不多是因为我和海洋起哄，用了激将法，他不能在情人面前丢了面子，才会硬着头皮爬上七米高台。后来，我在大连读大学，明明去找我玩，在森林动物园的缆车上，面对辽阔碧蓝的海湾，他全程没敢睁眼，我才知道他有严重的恐高症。但不管怎么说，他的那次跳水无疑是成功的，至少裤衩没掉。至于我自己为什么要上台，记忆很模糊，兴许也是受了激将，或者只是为了好玩，再或者是好胜心作怪，唯一清晰的片段是我站在跳台的边缘，向下张望，水面上白雾茫茫，池水深不见底，很多人仰着头看我，我却只注意到一个女孩儿，穿着白色游泳衣，像一尊白玉雕像，坐在池边，我看不清她的脸，却仿佛能感觉到她在为我担忧，用眼睛和我说话，告诉我不要跳。望着她，我的心里只剩下一个念头，我要让她意外，让她吃惊，让她对我刮目相看。我鼓足勇气，闭上眼睛，大头朝下，冲向水面。下落、下落、下落，记忆里，下落的过程无比漫长，好像时间与声音统统被吸入了黑洞，入水的刹那又被释放出来，哗啦，耳膜鼓胀，心跳加速，世界恢复了生机，我睁开眼睛，手脚并用，扑腾着浮出水面，迎接我的是持续不断的欢快笑声，以及想看又假装没在看其实还是在看的眼神，我察觉到异样，低头看自己，泳裤已经不翼而飞，因为紧张，又是在水里，我的小弟弟变得异常谦逊，荡漾在温暖的水波中，若隐若现，很难说是好事儿，还是坏事儿。有人在背后捅我，我捂住下体，回头看，是那个白泳衣女孩儿，她笑盈盈的，用手指轻巧地捏着我的裤衩。我一把抢过来，钻进水里，慌忙套上，又慌慌张张地游走，没敢再看她一眼。她就是都灵。那是我们第一次见面。若干年后，我读大学，已经记不起都灵的模样，却常常怀念从跳台落下时，入水的哗啦声，每次喝醉，我都会喊着去海里裸泳，哗啦，哗啦，我想象自己漂浮在黑色的海面上，挥舞着手臂，奋力向前，哗啦，哗啦，只有我自己知道，那是我情窦初开的声音。

坐在高速行驶的车里回忆往事，有种奇妙的感觉，好像进入了时空隧道，如果持续加速，便可以时光倒流，回到过去。劝我和他一起去自驾游时，田仙一曾说过，旅行就是清醒着做梦，可以让人年轻的梦。当时以为他又在故作惊人之语，现在才多少体会到，他是在总结自己的真情实感。

轿车驶出上海，雨渐渐小了，欢子临时起意，说我们绕个远，走杭州湾大桥，中午去宁波吃个小海鲜，然后走沈海高速，沿着海边，风景更好。大桥开过一半，雨彻底停了，阳光透过乌云的裂隙，射向旁边的海面，犹如佛光普照。海洋拿出手机拍照，感叹世界奇妙，类似的景色他之前见过一次，地点是在厦门，明明的婚礼，他是伴郎，早上去接亲的路上。

你也应该看到了啊？哦，对，你没去，你为啥没去呢？海洋问我。

为啥呢？我自己也忘了，剩下的只有遗憾。或者根本就没有原因。作为大学生的我，有一段时间，特别愤世嫉俗，看什么都顺眼，认为婚姻毫无意义，两个人相爱就在一起，不爱了就分开，没必要领证办婚礼，强行捆绑。

——也没啥原因，当时的很多想法都特别傻，不过明明也没怪我，后来还特意去学校看过我，帮我追到了人生的第一个女朋友。

欢子问，都怎么帮的？我努力回想，那个女孩儿的名字和样貌就像一缕阳光，消失在无数个日夜更替之间。我说，其实也没有特别的招数，简单说，就是砸钱。

几天之内，明明带着我和女孩儿玩遍了整个大连，欢乐谷、野生动物园，极地海洋馆，还在棒槌岛上的酒店住了一晚。最后一天去海钓，虽说一条鱼也没钓到，但在明明的帮衬下，我表白成功了。晚上他请我和女孩儿吃火锅，以示庆祝，狂欢也到此结束，因为他带的钱都花光了。明明不在乎钱，从来不在乎，我们出去玩，全程都是他花钱，不是我不愿花，是他死活不让。那一次，我唯一花钱的地方是给他买返程的机票。

欢子问，那你和你的第一任女朋友处了多长时间呢？我向她竖大拇指，说你一下就问到了点子上，这个事儿我想忘也忘不掉，是我人生的一个记录，最短恋爱记录，因为只处了四天，人家就提出了分手。欢子露出不可思议的表情，问为啥呢？我说，具体怎么说的，我忘了，大概意思就是觉得我太沉闷，而且实际上，她喜欢的是明明，同意和我相处，算是退而求其次吧，也是给明明面子。

欢子疑惑地打量我，又从后视镜看了看海洋，问他，明明有那么大魅力吗？

海洋不情愿，但还是微微点头，说差不多吧，他确实挺有女人缘，现在的这个嫂子，你知道吧，其实是二婚，认识他之后才离婚。

欢子说，这么说他算是男小三喽？

算吗？海洋问我。

我说，当然不算。不仅不算，在我看来，还是一个相当浪漫的爱情故事。欢子好奇，说快讲讲，到底怎么回事。

事情要从明明离开我们家说起，大约是一九九八年，他去厦门，投靠四叔，打算跟着学做外贸。他想得简单，以为到了就能工作，很快就会发财，没料到四叔说做外贸不能不懂英语，让他先学习，提前给他报好了培训班。他虽然不愿意，也只能硬着头皮去上课。混了大半年，读写还是不行，但日常说话总能对付几句，想着终于可以赚钱了，结果厦门爆出特大走私案，四叔也有牵连，被抓了进去。后来听四叔讲才知道，他早就察觉到不对劲儿，可是把兄弟大哥的孩子要来，怎么也不好拒绝，所以才想到要明明去学英语，目的其实是保护他。最终，四叔被判了七年，明明一夜之间失去了靠山和事业方向，但当时，用他自己的话说，已经爱上了厦门这座城市，之前都是靠父辈，这一回他决心要靠自己。开始的时候特别难，只能四处打工，基本就是做服务员，酒店服务员、KTV服务员、饭店服务员，后来，他认识了一个本地大厨，对方挺喜欢他，他干脆认了师傅，进了厨房，学做菜。情况好转，以为否极泰来，他又得了急性阑尾炎。

——当时给他做手术的医生就是现在的嫂子。

欢子问，这么说，他俩是一见钟情？我说，应该是，明明不承认，但感觉应该是。两人具体交往的过程，明明从来没讲过。以我对他的了解，多半是因为害羞，还有他向来喜欢为自己营造一点神秘感，扮硬汉。总之，很快，他和嫂子便成了朋友，进而发现嫂子的生活并不幸福。她的丈夫是个滥赌鬼，经常三天两头不回家，在外面赌钱，输光了就找她要，不给便动手。如果提离婚，还会威胁要伤害她的家人。明明知道后，瞒着嫂子找这个男人谈判，劝他和嫂子离婚。不料男人态度很强硬，两人话不投机，动起手来。明明个子小，打架却是个好手，是个拳击迷，利用灵活的脚步，几拳将男人打倒，还不解恨，又踢了几脚，男人断了两根肋骨，明明因此被拘留，却也为嫂子赢得了自由身。

海洋说，有个地方你讲错了，他不是偷偷找那个人谈判，那时候他已经住进了嫂子家里，那个人回家要钱的时候撞见了，然后才会打起来。我疑惑，说不可能，明明亲口跟我讲的，我应该不会记错。海洋说，我肯定也没记错，也是他亲口说的，就在他婚礼当晚，我们一起喝酒，他喝醉了之后说的，肯定是真话。我不想和海洋争辩，说行吧，可能是我记错了，但这不是重点，重点是他帮着嫂子摆脱了那个赌棍。海洋不依不饶，说，也就是说，他还是男小三。这句话让我有点生气。讲了这么多，我已经忘了是什么引出了这个故事，我的本意就是讲故事，现在他这么一说，仿佛这是一场辩论赛，主题是明明究竟是不是男小三。如此一来，我的辩论欲望也被激发起来，问他，你所谓的小三标准是啥？他说没啥标准，那个人还没离婚，他们就好上了，那就是小三。

——可是那个人是浑蛋啊，嫂子早就想离了，是因为他的威胁和纠缠才没离成。

——那不还是没离嘛。

——你的意思，只要没离婚，不管对方浑蛋到什么程度，都不能发展新的感情？

——可以先离婚啊。

欢子听不下去了，说你俩先别争了，我问个问题。我说好，你问。欢子手扶方向盘，目视前方，想了一会儿说，怎么说呢，如果还没离婚，明明就住过去了，我觉得啊，严格来说，他确实可以算是小三。她从后视镜看看海洋，又看看我，接着说，但是，我觉得他的目的肯定是好的，应该是为了保护自己的女朋友，你们觉着呢？我当然同意，海洋却说，我不在乎他的目的，我就想知道，在你们看来，他究竟算不算小三。听他说完这句话，我豁然开朗，明白了他的真实用意。如果明明在这段关系中是小三，那么和三婶儿的关系也就是小三。明明在这段关系中伤了人，那么在和三婶儿的关系中，也会伤人，更有甚者，他就是杀死三叔的凶手。这就是他的逻辑，对于他而言，关于明明的一切，不再有笑话，也没有故事，所有的事情，都可以是疑点，都可以是佐证。

争辩毫无意义。

我后悔开启了这段旅程。如果可能，我恨不得转身就走，可在行驶的汽车上，我能去哪呢？这也是我讨厌驾车旅行的原因，生气也好，愤怒也好，悔恨也罢，你只能闷在车里，默默忍受。从这个角度看，说旅行是修行，也有一定的道理。我深深吸气，慢慢吐出，暗暗做出决定，从此以后，能不说话就不说话，就当这是一趟关于沉默的修行。

欢子打圆场说，算了，咱别聊这些了，马上要到宁波市里了，你们看看大众点评，都有啥好吃的。我听从她的吩咐，翻看手机，找了几个给海洋选，他最终选了海鲜蒸汽锅。

如我所料，原味蒸海鲜，味道无功无过，倒是下面蒸锅里的大米粥鲜美异常，被我们吃得干干净净，一粒都没剩。

再次上路，换海洋开车。吃饱喝足，阳光刺眼，我调整坐姿，闭目养神，很快昏睡过去。不知道过了多久，我从浑身酸痛中醒来，仿佛经历了一场灾难性的按摩，按摩师力大无穷，却没有一下按在正确的位置。迷迷糊糊间，我发现驾驶位空不见人，心生恐惧，吓出一身冷汗，完全清醒，才意识到车已经停了，但不是在高速服务区，而是在一个不知名的地方。回身看欢子，幸好她还在，正微笑着看我，说你可真够能睡的。我问，这是哪？海洋呢？她指了指左前方，那里有一所学校，操场上一群孩子在踢球，海洋站在栏杆外，背对我们。我问，他干吗呢？欢子摇头，说我也刚醒，你去问问吧。

我下车，伸了伸懒腰。空气中有股海腥味，应该离海不远。天很蓝，街道干净，笔直向前延伸，街边楼宇的缝隙里露出一座教堂的尖顶，四周阒静，不见人影，仿佛居民都在睡觉，只有我们醒着。

我走到海洋身边，和他一起看孩子踢球。小球员有男有女，一个矮小的男孩脚法出众，得球后，一路盘带，冲进禁区，可惜最后时刻被一个长腿女孩儿将球破坏。海洋说，不好意思，走错路了，一个走神，看错了导航。我安慰他说没啥，常有的事儿。我们继续看球，脚法出众的男孩完成了一次抢断，准备反击，被对方从后面拉倒，摔得很疼。海洋问，你有没有特别泄气的时候？就是也说不上为什么，就觉得特没意思，啥啥都没意思，突然之间就什么都不想干了，他定定地看着我问，你明白吗？我说，明白，特别明白，写小说时经常这样，前一天绞尽脑汁写了两千字，感觉不错，第二天再看，发现根本不行，狗屎一样，然后就会特别泄气，泄气到怀疑人生。他微微摇头说，还是有点不一样。操场上传来小孩的呼喊声，脚法出众的男孩正一边奔跑，一边摇头晃脑挑衅长腿女孩：你就是追不上我，哎哎哎。显然是他进球了，可惜没法回放。海洋也没看见进球，但还是向男孩大喊：好球，牛×！一旁的体育老师也听见了，恶狠狠地瞪我们。海洋坏笑说，我当老师时看学生踢球就想这么喊了。小球员们重新开球。他又说，再进一个，我们就走。我有种感觉，他所说的泄气，指的是去厦门找明明这件事儿。球场上的争夺很焦灼，我问他，你停下就是为了看球？他反问我，你在上海，去现场看过球吗？我如实回答，没去过。我不是忠实球迷，偶尔看英超，喜欢切尔西，曼城也可以，相对球队，更偏爱蓝色的球衣。他说，我去过一次，只去过一次，是我爸带我去的，在大连，1996年8月18号大连万达对济南泰山，结果4比1，上半场李明有进球。知道我为什么记得这么清楚吗？他拿出手机给我看照片，照片已经有些发黄，是他、明明、三叔与一位球员的合影。他指着球员为我介绍，这是李明，当时万达的中场，我和我爸都特喜欢他，明明那时候刚到你们家，为什么你没去呢？按理说我爸也应该带着你啊。我说我应该是在乡下奶奶家。他点头，说那时候我和你还不熟，不瞒你说，其实一直以来，我都更喜欢明明。我爸也喜欢他，他嘴特甜，一直喊我爸三爸。他收起手机，继续看球。我收到了明确的信号，他动摇了，这是好事儿，如果不去厦门，我们去哪呢？或者可以改道往北，随便去哪玩玩，再送他回家。球场上风云突变，长腿女孩拿到了球，组织进攻。我琢磨着怎么开口，劝说他改变行程。这时，下课铃响了，老师吹哨，召唤大家集合。海洋叹了口气，转身往回走。我还没有想到好的说辞，或许根本不存在好的说辞，主要看时机。好的时机，说什么都是对的，一旦错过，说得再好也可能是错的。我说，要不我们别去厦门了？他没有马上回答。我们默默走回车边，他拿出钥匙递给我，说你开车吧，我怕再走错路。我问去哪？他稍做犹豫，说还是得去，泄气也就刚才那一会儿，男人还是得对自己狠点。我略感失望，也只得上车。海洋向欢子道歉，耽误了时间。欢子连忙摆手，说这你可就错了，这才是自驾游的乐趣，想怎么走就怎么走，想停哪停哪，想看什么就看什么，不然干吗自己开车啊，累哇哇的。

　　看了定位，才知道我们是在台州。顺着导航指引的路线，重回沈海高速，一路向西。下午三点，阳光直射车内，我们不得不戴上墨镜。虽然我也算是老司机，但只要握上方向盘，车速超过100，便不由自主地紧张，手心不断冒汗，精神高度集中，再也无暇和他们说话，被欢子嘲笑，也不便反驳，盯着前方，密切关注路况，严格按照高速的规定，将车速控制在110到120之间。后来他们睡着了，没有人在旁边看着，我才多少放松一些，偶尔瞟几眼车窗外的风景，胡乱地想想心事儿。中间有一段路，左侧和前方都是大海，我被深沉的蓝色包围其中，看得久了，生出错觉，仿佛自己操控的是船，自由航行在壮阔的海上，心中几次涌起振臂高呼的冲动，可最终还是理智占据了上风，双手并没有离开方向盘，不经意间，目光扫过仪表，自己吓了一跳，不知不觉中脚下正在用力，车速已然接近130，赶紧松油门，缓缓降速。不知道欢子什么时候醒了，笑话我说，没想到你还敢开这么快。我说纯属意外。

六点多，进入宁德市，听欢子的安排，下高速，找地儿吃饭，在一家苍蝇馆子吃到了超棒的蚵仔煎。继续上路，欢子开车，放说唱音乐，她跟着哼唱，吵吵闹闹，气氛轻松，时间过得飞快，感觉一眨眼就到了福州。

在酒店办入住时，我妈打来电话说，告诉你件好事儿，你五叔要结婚了，11月16号。这确实是好事儿，但也是怪事儿。五叔平时剃光头，打了半辈子光棍，以前谁给他介绍女人他都不看，我甚至怀疑过他的性取向，怎么突然就要结婚了呢？我问，和谁结婚啊？你认识吗？我妈说，具体我也不清楚，去了就知道了。你五叔说了，你必须带上女朋友一起去。后半句显然不是五叔的口吻，以我对五叔的了解，他的字典里压根就没有必须这两个字。只不过是我妈想趁机见见欢子，才拿五叔当幌子。我说，我肯定去，欢子再看吧，有时间就去。欢子站在我旁边，听得真切，大声说，阿姨我听见了，我有时间。我妈高兴，连声说好，接着又问起海洋。我简单说，我们在福州呢，准备去看明明。我妈沉默了几秒钟，想必是猜到了事出有因，嘴上却说，真不错，你们小哥仨聚一聚，挺好的，路上注意安全。挂了电话，转告海洋五叔要结婚的消息，海洋也啧啧称奇，说不骗你们，小时候我一直以为五叔是和尚呢。

东西放进房间，欢子又喊饿，我们出去消夜，吃海鲜烧烤。明明给我发微信，问我路上情况，得知我们在福州，发来语音，说福州别看是省会，啥玩的也没有，不如早点过去，晚上车少，两个多小时就能到。听他的语气，一点也不担心明明的事儿，反而让我更加担心。但福州不好玩这件事儿，他说对了一半。第二天上午，我们先去了鼓山，有古寺，有古树，有古塔，看点颇多。下午去游西湖，难免与杭州的西湖相比，则颇为失望。傍晚，逛了逛三坊七巷，和很多城市的古街相似，好像在赝品古董中行走。晚饭欢子想吃姜母鸭，我说不能吃，要是让明明知道了，会生气的。

明明后来果然成了厨师，以做鸭出名，姜母鸭更是他的金字招牌。结婚后，他从大伯那获得了投资，自己开店，起名叫鸭王酒店，他当然知道有歧义，他喜欢的就是这个歧义，由此可见他的幽默感多少与众不同。

将近八点，我们赶到厦门大同路鸭王酒店总店门前，发现外面还有人在排队。停好车，我给明明打电话，他拿着手机从店里奔出来，看见我们，眉开眼笑，张开双臂，先抱我，再抱海洋，海洋回抱，表现自然，这让我坚定了最初的想法，他一定有所计划，而我却没有一点头绪。明明和欢子握手，欢子说一路上听了很多你的故事，明明指了指酒店招牌说，做鸭的人怎么可能没故事呢。说完哈哈笑，招呼我们进店。他已经留好了包间，嫂子和侄女等在里面。嫂子皮肤白，并未见老。明明打趣说，看我媳妇儿，是不是越来越像赵雅芝了。侄女说，爸，你这是夸人吗？赵雅芝是谁我都不认识。侄女九岁，继承了妈妈高挑的身材和爸爸的娃娃脸。旁边的桌子上放着一个奖杯，明明拿起来向我们炫耀，是侄女下午参加舞蹈比赛得了一等奖。菜上得很快，明明问我们喝啥，啤的还是白的。海洋说啤的，我说我戒酒了。明明故作惊讶，向欢子竖大拇指，说果然有手段。欢子一手拿一块姜母鸭，一手也竖大拇指，说他戒酒和我可没关系，但这个鸭子真是绝了。明明陪海洋喝啤酒。海洋沉默少语，脸上始终挂着笑容，有问题问到他，他都简单回答，喝酒像在上海一样，一杯接一杯，但求速醉，等我吃完饭，他已沉沉睡去。嫂子略显不安，问他是不是有心事儿，明明打马虎眼说，没事儿，一直就这样。

嫂子和侄女先回家，明明送我们去酒店，他早已帮我们订好房间，在十八楼。海洋一路迷迷糊糊，我和明明扶他上床，他突然清醒，抓住明明说，你知道吗？我一直把你当亲哥看待，今天，我就问你一句话，你能不能如实回答我？明明说，你问，我要是撒谎，天打五雷轰。海洋说，行，有你这句话，就够了，那我问了。明明说，别磨叽，快点问。海洋咽了咽吐沫，声音一时有点哽咽，问，你和我妈，你俩是什么时候开始的？明明说，三叔死了之后，大概两三个月吧，具体日子我记不清了。海洋问，到什么程度了，你俩？他胡乱比了比手势，你明白吗？明明不耐烦说，你可真行，不就想问我们有没有上床嘛。海洋的眼睛瞬间睁大，仿佛被打了一巴掌。明明向我苦笑，又看海洋说，这么跟你说吧，我俩主要是精神恋爱，手都没怎么拉过。海洋眼神又变得迷离，微微摇头说，我不相信。明明赌气说，不信回去可以问你妈。海洋被激怒了，推了明明一把，自己却倒在了床上，接着长长叹了口气，说你们走吧，我要睡觉了，说完自己拉了被子盖上。

出了房间，我问明明，你到底咋想的？有什么办法吗？明明神色低沉，说一会儿再说。我和欢子住在隔壁，从窗户能看到大海，鼓浪屿在对面摇曳生姿。明明又陪我们说了一会儿闲话，起身告辞，我知道他还有话要说，送他下楼。

酒店大厅空荡荡，我们坐到沙发上，他用力搓了搓脸，说老弟，哥想求你一件事儿。我说，别磨叨，尽管说。他沉默了一会儿，看着一旁的钢琴说，不是什么好事儿，怎么说呢，我犯了一个错误。他几乎是哀求地看向我，感觉下一秒便要开口祈求我的原谅。刚见面时，他元气满满，走路带风，犹如少年，现在瞬间苍老了许多。我内心紧张，想问又不敢问，害怕他所说的错误真的与三叔的死有关。他猜到了我的担心，咧嘴苦笑，说你别紧张，和三叔的死没关系，用屁股想，我也不可能干出那种事儿啊。我着急问，那到底是什么事儿啊？他低头，避开我的目光说，简单说，我没管住自己的裤裆。

明明打车回家，我回房间，欢子已经洗完澡，坐在床上看手机，问我，你俩都聊啥了？我说没啥。她说不可能，肯定有事儿。在她的追问下，我不得不说出实情，明明和分店的一个女服务员有了婚外情，本来已经分了，现在对方发现自己怀孕了，也同意做流产，唯一的要求是去厦门最好的医院，也就是中山医院。

欢子说，我知道了，嫂子是中山医院的医生，对不对？我说对。欢子想了想说，明明不能去，所以，他是想让你帮忙，带女孩儿去做手术？我说是，欢子意味深长地看着我，问你同意了？我点头。如果是别人，我肯定不会同意，可明明开口，我没法拒绝。欢子撇撇嘴说，你们男人的仗义我真是不懂，那嫂子呢？你准备告诉嫂子吗？还是说明明自己有安排？我说明明自己有安排。欢子说，行，那我明天和你一起去，我倒要看看那个女孩儿长什么样。这个要求，我同样无法拒绝。

女孩儿梳着马尾辫，举手蹙眉，多少藏着几分娇媚，让我想到了年轻时的海洋妈妈，心里暗想，也许这就是明明心动的原因。我和欢子到明明指定的地点接她，她拉开车门，看见欢子，又关上车门，重新查看车牌。欢子招呼她，是小秦吧，就是我们，没错。她依旧不上车，问为什么是两个人？欢子解释说，我是他女朋友，没关系的。小秦脸红了，说那不行，我需要他假扮我男朋友的，你在旁边，我会尴尬。欢子笑了，说没事儿，你就当我是闺密。小秦坚持说不行，最后欢子同意不进医院，她才上车。

到了医院，我和小秦下车，看着欢子开车走了，小秦轻轻挽住我的胳膊往里走。我能感觉到她的身体在微微颤抖，也不知道如何安慰她，只能悄悄加快脚步。挂完号，我们坐到稍远的位置等待。对面坐了一对情侣，男人搂着女人说悄悄话。小秦小声问，你们是不是特瞧不起我？我说没有，感情的事儿谁也说不好。她说，那你能搂着我吗？我轻轻搂住她的肩膀，她微微靠向我，隔了一会儿，又小声说，其实我挺想把孩子生下来的，你觉得呢？我说，别胡思乱想了，既来之，则安之。这是彻头彻尾的废话，但她好像并不介意，轻轻叹了口气说，我知道，就是随便想想，你知道吗？我是真的爱老板的。我点点头，她又叹气说，我昨晚没睡好，现在有点困，能靠着你的肩膀睡一会儿吗？我说可以，你睡吧，快到了我叫你。她的头刚刚靠上来，又马上弹开，猛然站起，好像我肩膀有刺，刺到了她。我吓了一跳，抬头看她，发现她正睁大眼睛注视着电梯的方向，跟着她的目光，我看到欢子款款而来，身边还跟着一位医生，穿着白大褂，步态优雅，两秒钟后，我反应过来，是嫂子。嫂子说，小秦，你别紧张，这事儿不怪你，你坐，接着又对我和欢子说，你俩去玩吧，这有我呢。我看欢子，欢子看我，她挽住我的胳膊，说那行吧，我俩就先走了。

我们默默回到车上，欢子问，你生气了？我说没有。这是实话，不仅不生气，还有点如释重负的感觉，同时也为难，要怎么告诉明明。欢子说，其实你也没道理生气，既然你们男人能帮男人，我们女人也就有义务帮助女人，而且，你知道吗？告诉嫂子真相的并不是我。我奇怪，问那是谁？欢子卖关子说，你猜。

——难道是海洋？

——我去找嫂子的时候，她正在接电话，是海洋打来的，说的就是这事儿。

我纳闷，他怎么会知道呢？想了想，只有一种可能。我给他打过去，问他是不是早知道了，明明出轨这件事儿，就像到上海找我，之前也来过厦门，暗中监视过明明。海洋说，厉害，不愧是作家，一猜就猜到了，我之前是来过一次，当时就发现了，一直在犹豫说不说。我纠正他，你根本没犹豫，就是想好了，等我来了再说，你肯定有计划。他说，是，没错，我是有个计划，其实也不算什么计划，就是个想法，但我现在还不能告诉你，等到晚上咱们一块吃饭，到时候你就知道了。我知道多说无益，便挂了电话。

在店里找到明明，他神情倦怠，看到我们，强颜欢笑，抢先说，你嫂子给我打电话了，我都知道了，这事儿都是我不好，和你们没关系，你们也别往心里去，该吃吃，该玩玩。欢子说，我们没往心里去，但你得往心里去。明明连连点头。说起海洋的计划，明明无奈，说无所谓了，真的，我现在反倒有点好奇了，想看看他到底要干吗。

下午，我和欢子租了自行车环岛，又聊到小秦，欢子说，我一直想不通，那么多医院，她为什么非要去嫂子那，但我现在想明白了，其实她是在赌。我不懂，问什么意思？赌什么？欢子说，我先问你个问题，你觉得她说自己要去最好的医院做流产，明明会怎么回答？

明明肯定说，行，没问题，身体要紧，就去最好的。说完这句话，我也大概明白了欢子的意思。归根结底，小秦还是不甘心，想要嫂子知道自己的存在，但不能主动找上门去，那样会减分，她了解明明的脾气，也多少了解嫂子，所以决定赌一把，去医院，嫂子发现了，两人可能会离婚，她便有机会上位，就算赢。如果没发现，就是命，她也服输。由此，我又想到了海洋，他对明明的怀疑，没有任何证据，或者也只能靠赌来证明。

晚上海洋约了我们和明明在双子塔一层的西餐厅吃饭，左边是演武大桥，右边可以看到鼓浪屿，郑成功的雕像傲然立于岛上，守望着眼前的太平洋。我们各自点了主菜，海洋和明明要了红酒，两杯下肚，明明失去耐心，率先问海洋，你就说吧，到底怎么样才能证明我的清白？海洋表情严肃，指了指窗外的鼓浪屿说，很简单，只要你从这游到鼓浪屿，我就相信你，以后这件事儿，我就永远不会再提。我猜对了，果然也是赌，他根本不在乎真相，只在乎自己的感受。我生气，拉住他的胳膊，让他看自己的文身，我说就这样，你还去伪存真呢？你这不是扯淡吗？海洋甩开我，说我俩的事儿不用你管。我更火了，说你再说一遍？不用我管，你让我来干吗？是不是你让我陪你来的？明明站起来，拉我，笑说，老弟，你怎么还不明白呢？叫你来，是为了给我们做个见证。海洋说，对，没错，就是让你做个见证。我说，狗屁，你以为我不明白吗？你这是激将法，你了解他，当着我的面，他肯定会同意。我一下子都想通了，之所以今天给嫂子打电话说出轨的事儿也是为了刺激明明，让他情绪失控，确保他会热血上头，同意这个赌局。海洋老早就计划好了，一步一步，就像当年搞我时一样，我胸中火气上撞，忍不住对他后背抡了一拳。

——我告诉你，今天有我在这，你就别想得逞。

海洋被打疼了，瞪我，眼圈泛红，双拳紧握，说，你再打我一下试试。欢子拉住我，明明拉住海洋，将我们隔开。明明对我说，老弟，这事儿你不用管，你哥有谱，有信心，肯定能活着游过去。我说不可能，有我在这儿，就不可能让你下海。明明笑了说，那我现在去厕所，你也要跟着我啊？

厕所在商场里，二楼。路上我提议让他先走，他反问，你觉得你哥是怕事儿的人吗？再说了，冲海洋的性格，我跑得了初一也跑不了十五。他去方便，我等在门口。出来后，他掏出手机打电话，说闽南话，我一句也听不懂，下了电梯，他突然启动，向商场外跑去，速度飞快，我赶紧追过去，在门口被几个人挡了一下，再到外面，已经不见人影。找了一会儿没找到，我回到餐厅，他也不在。欢子紧张，说不会真的去海边了吧。海洋面无表情，低头吃自己的那份沙拉。我质问他，这回你高兴了？他要是死在海里，你良心过得去吗？海洋不抬头，也不答话。

我和欢子跑去观景台，向海边瞭望，有几名游客从缺口下到海边，明明并不在其中，我们回到餐厅，海洋一边接电话，一边往外走，我着急，问是不是明明，他点头，说已经在海边了。我们反身往回跑，到了观景台，远远看见明明在下面，已经换好了泳衣，戴好了泳帽，换下来的衣服都叠好了，放在脚边。我才明白，他刚才是去买游泳用品了，在楼上，我们在一楼找当然找不到。

赵明理，赵明理，你不要下去！我一边喊，一边跟着欢子跑向左边下桥的缺口。海洋跑在我们前面，不知道是因为后悔了，还是想看得更真切。我们跑到豁口处，明明已经走入海中。我脚下没踩稳，滑了一跤，抬头再看，明明已经游出去十来米远，白色的泳帽随着高低起伏的海浪时隐时现。欢子掏出手机报警。

我必须去把他拉回来。我一边向海边跑，一边脱衣服，海洋追上来，拦住我说你不能去。我将他推开，让他滚蛋。刚脱了上衣，欢子跑过来，挡在我面前，利用她的身高优势，一只手死死搂住我的脖子，另一只手轻轻拍打我的脸颊，说，看着我，你看着我，我已经失去了我哥，我不能再失去你。我微微仰头看她，她咬着嘴唇，努力不让眼泪溢出眼眶。我搂住她，从她的肩膀上看向黑黢黢的海面，在海浪中间搜索，白色泳帽已经变成了一个白点，像一个光斑，荡漾在黑暗中。更远的鼓浪屿，灯光璀璨，美轮美奂，犹如海上的天堂。警笛声不知从何处传来，仿佛来自另一个世界。

我的手机铃响，显示是嫂子，只能硬着头皮接通。嫂子问，你哥和你们在一起吗？我再次看向海面，像光斑的白点还在，只是越来越小。我说真对不起，嫂子，我没拦住，他现在在海里呢，你赶紧过来吧，我们在双子塔这边，演武大桥下面。嫂子说，我已经在路上了，他刚才给我打电话，说如果他能游到鼓浪屿，就让我再给他一次机会，我相信他能游过去。我说我也相信。明明接受挑战，不仅仅是因为海洋的激将，还有自己的考虑，想借此证明自己改过的决心，挽救自己的婚姻，既然想着未来，说明并非完全是一时冲动，这让我看到了他成功抵达对岸的希望。

# 第五章：是去路也是归途

夜色苍茫，海浪一浪压过一浪，明明的白色泳帽已经看不见了，浪尖的光斑跳跃如萤火，晃得我心烦意乱。我已经放弃了下海去追明明的念头，欢子依旧牢牢挽着我。海洋在我们斜前方，距离水面只有半步之遥，静静蹲着，一声不吭，仿佛与身边的礁石结成了同盟，即使海水扑上来，也会任其冲刷，不会移动分毫。虽然我们都是在等待，但期待的结果却可能不同，这让我既恼火又难过。

很快，警笛由远及近，警灯的蓝色和红色交替扫过天空。警察下了警车，匆匆赶下来，向我们询问情况。

——是跳海自杀吗？

——不是。

——那打电话的时候说是跳海自杀？

欢子解释说，我当时不知道情况，也怕你们不来。

警察不再理我们，通过对讲机与同事沟通。过了一会儿，一架快艇从中山路码头的方向破浪而来。与此同时，嫂子也到了，眼睛红肿，鼻子堵塞，一看就哭过。海洋过来和嫂子打了招呼，眼睛避开我们，始终盯着海面。

快艇奔向我们，在中间调转方向，驶向鼓浪屿，绕了两圈。警察用对讲机问，喂喂，找到了吗？有人吗？对方回答，还没看见。我的心一下子凉了半截。嫂子问警察，会不会是已经上岸了？警察向对讲机重复这个问题，对方回答，应该没这么快吧，我们再找找。快艇靠近鼓浪屿，逆时针方向绕圈，驶出不远，警察的对讲机又响起来，这一次对方语调兴奋又带着调侃，说找到了，已经到岸边了，还在游呢，人应该没事儿。

警察告知我们明明会被送到中山路码头，再送去医院。嫂子说，你们去吧，我就不去了，去了好像在鼓励他这种行为。海洋讪讪地站在旁边，我懒得理他，欢子不落忍，招呼他和我们一起过去，他才上车。

明明在急诊室吸氧，看见我们，嘻嘻傻笑，说他没事儿，只是最后上快艇时呛了几口水。我说你可别再嘚瑟了，我们都快吓死了。海洋给明明鞠躬，说我错怪你了，对不起。明明说，行了吧，都是哥们，咱们不计较这些。海洋低着头，不看我们说，那什么，你们聊吧，我先撤了。说完，快步走了出去。

明明身体无碍，不用住院，吸完氧，和我们一起离开。已经过了十点，晚饭吃得不多，又这么一番折腾，我们都饿了。明明带我们找了家小店，喝花生汤，吃扁食。他的胳膊累得拿勺子喝汤也会抖个不停。问他游过去的心路历程，他说，没啥心路历程，心里一直想着老婆和女儿，剩下的就是咬牙坚持。又说到海洋，明明说咱们也别怪他，他就是心眼小，容易钻牛角尖，你一会儿回酒店，再去劝劝他。我不愿去，欢子也跟着开导我，其实他挺可怜的，你不觉得吗？我说可怜之人必有可恨之处。欢子又说，有时候我觉得他和我哥挺像的，就是一种感觉，你知道吧，比如一件很简单的事儿，他们就能把它弄得特复杂，然后又会从这个复杂的角度去尝试找到答案，最后绕来绕去，就把自己给绕里了。我明白她的担心，回到酒店，到房间换了拖鞋，便去隔壁敲海洋的门。等了一会儿，海洋不耐烦地问，谁啊？隔着门，我都感受到他嘴里的酒气。我说是我，我来找你唠两句。他光着脚只穿了内裤来开门，看也不看我又走回去，房间里很暗，只有厕所亮着灯，寂寞又压抑。他回到窗边，望着对面的鼓浪屿，继续喝罐装啤酒。我打开灯，第一眼就注意到旁边的桌子上放着一把尖刀，心中凛然，问他，这刀是你的？他转头看我，略显茫然。

——怎么说呢，明明不仅救了自己，还救了我，你明白吗？

——如果他不下海……

——行啦，别说了，啥也别说了，就陪我坐一会儿，行不行？

我坐到他旁边，他盯着我看了几秒钟，拍拍我的肩膀说，你是对的，我现在想通了，杀我爸的凶手就是二炮，我一直被他耍得团团转，我呀，说白了，还是懦弱，鲁迅那句话怎么说的，真的勇士敢于直面悲惨的人生，我就不敢。我纠正他，是惨淡的人生。他喝干手里的啤酒，苦笑说，大哥，我都这样了，咱就别咬文嚼字了行吗？我说行，你接着说。他把喝干的啤酒罐用投篮的姿势扔进垃圾桶，接着又开了一罐，说人啊，该认命的时候还是要认命，那句话怎么说的，命里有时终须有，命里无时莫强求，这句话我没说错吧？我说没错。他说，我现在就认命了，明天就回辽城，该干吗干吗去。我说，话是这么说，但该争取的还是要争取。他已经显出醉态，连连摆手说，还争取啥呀，我这辈子啊，就这样了。你和明明不一样，一个在上海，一个在厦门，你看这外面，多美啊，都是好地方，你们都要好好的。他重重拍我的肩膀，又说，特别是你，别飘着了，明白吗？你对象是好人，赶紧结婚吧。说完，不知道是什么触动了他，他突然捂住脸哭了起来，边哭边哽咽着说，我不甘心啊，我不甘心，你明白吗？我也被感染，心中难过，鼻子一阵阵发酸，也顾不上他光着膀子，轻抚他的后背，安慰他，过去了就过去了，没人责怪你，不要太强求自己。他逐渐恢复平静，擦干眼泪说，我想求你一件事儿，行吗？我说，只要我能办到。他长出一口气，说，就是那什么，二炮是凶手这件事儿，能替我保密吗？我说没问题。他晃晃悠悠地站起来，露出笑容，说，哦了，不管怎么说，这趟也没白来，我要睡了，你过去吧，也早点睡。他走了两步扑到床上，不再说话。我走到门口，再次看到那把刀，问他，刀我拿走了啊？他回答，拿走吧，帮我关下灯。我关了灯，拿着刀退出房间。坐电梯下楼，将刀交给前台。

　　回到自己的房间，欢子正拿着手机视频，悄声告诉我是她妈妈。我去洗澡，过了一会儿，欢子进来刷牙，说其实这次来厦门，我有件事儿没告诉你。

——是关于我哥的，他的遗愿是把骨灰撒入大海，但我妈不同意，想把我哥带回哈尔滨，所以，我想问问你的意见。

——骨灰现在在哪呢？

——就在后备厢里放着呢，怕你们害怕，就没说。

这让我想起我和田仙一曾经构思过一个电影大纲，也是关于骨灰的故事，讲一个富二代得了绝症，临死前告诉女友和最好的朋友一定要将自己的骨灰撒入大海。不久之后，富二代去世，让他的女友和好朋友想不到的是，富二代的父亲并不准备火化尸体，而是送到特殊机构冻了起来，梦想利用克隆技术，再造一个儿子。女友和好朋友制定计划，经过一番周折，偷出尸体，并成功火化，但最终富二代的父亲还是抓住了他们，盛怒之下，想把他们扔入海里，给儿子陪葬。结局我们想了两个方案，一个方案是女友发现自己怀孕了，孩子是富二代的，她以生下孩子为筹码，和富二代的父亲谈判，使其意识到自己的控制欲给儿子造成了无尽的痛苦，儿子将骨灰撒入大海的愿望，也正是对父亲的控制欲的最后一次抗争。另一个方案里，女友虽然也怀孕了，但孩子其实是富二代好友的，为了保命，他们向富二代的父亲谎称孩子是他的孙子，也因此被严密地控制起来，女友不得不再次策划逃离的方案。

我把故事大纲讲给欢子听。欢子说，那个反派父亲绝对是以我妈为原型写的。她本来想把我哥葬在我姥姥和姥爷旁边，但我大舅不让，说我哥自杀是横死，不能进祖坟，我妈气坏了，自己又买了墓地，前几天刚买好，这次来上海，就是来取骨灰的。我问，她已经在上海了？欢子停止刷牙说，周六来的，其实我跟你们来厦门，也是想躲她。我说家家都有本难念的经。欢子晃了晃手指，吐掉嘴里的泡沫说，错，别人家是难念的经，我们家是有个老妖精，回去见着她你就知道了。我说，既然她这么坚持，墓地都买好了，就让她带回去吧。欢子再次晃动手指，说本来我也挺犹豫，刚才听了你的故事，我决定了，还是要遵从我哥的遗愿，撒骨灰的地方我都选好了，下午骑车环岛的时候选的。

欢子选的地方在玩月坡附近。三点多，我们便爬起来，上身穿了长袖，下面穿短裤和拖鞋，方便撒骨灰的时候入水。天还没亮，路上没人，开车十多分钟便到了。她从后备厢拿出一个泡沫盒子，又从盒子里拿出一个奖杯形状的不锈钢罐子。这个罐子我见过，之前一直摆在书架上，但我从没想过是这个用途。

我们手拉手，走下沙滩，走进海里。海面上很黑，有风，不大，海水很凉，不刺骨，但足够让人瞬间清醒。欢子抱着罐子问我，怎么弄啊，从来没弄过。我在脑海里翻找有关骨灰的记忆，想到一部电影叫《谋杀绿脚趾》，其中有一个片段，也是几个朋友去海边撒骨灰，由于没有经验，顺手扬起，结果骨灰全部被风吹到了一个人的脸上。我说，反正不能真的撒，要不这样吧。我接过罐子，打开盖子，伸手进去抓了一把，然后慢慢伸入海中，再张开手，骨灰像一朵云，混入海水里，慢慢消散。欢子也学我的样子，我们交替着，一把一把，将骨灰送入海中。欢子说，这样有点像喂鱼。我说实际可能就是在喂鱼。欢子说，世界就是循环，生死相依，生生不息，所以人死了也没有必要那么难过。我说是，没必要那么难过。

也不知道抓了多少把，当海天相接处露出紫红色，罐子见了底，欢子将它按入海中，反复冲洗了几遍，确定一粒骨灰也没有了，我们才回到岸上。欢子说，这个罐子留着，我以后还能用。我说，那要再买一个，凑个情侣套装。

我们坐到岸边，相拥着看日出，天际线已经变成了橘红色，云彩也多起来，又渐渐变成绯红色，好像盖头下新娘害羞的脸庞。慢慢地，太阳探出半张脸，海面和天空同时燃烧起来，整个世界也随之苏醒，身后的路上传来汽车的轰鸣，海边多出许多人影。欢子感叹，又是新的一天。也许是因为睡眠太少，回想昨天，就像十年前一样遥远。

回到酒店，我们又睡了一个回笼觉，十点多被明明的电话叫醒，说海洋已经走了，刚在机场给他打了电话。我的手机上也有一条他发来的微信：我回家了，谢谢你们。后会有期。我感觉心里空落落的，想来想去也不知道说什么好，最后回了一个握手的表情。中午我和欢子吃了心心念念的海鲜大餐，下午逛鼓浪屿，晚上喝了花生汤。第二天早上，明明来给我们送行，人看着憔悴了许多。欢子说，我一点也不同情你。他苦笑，说，确实，我是活该。我和他拥抱，他依依不舍，少见地眼圈泛红。我说，不用这样，下个月五叔结婚，我们不都去嘛，还能见着。他说，对了，把这事儿忘了，去，必须去。

踏上归途，欢子忧心忡忡地问我，就要见到我们家那位磨人的老妖精了，你准备好了吗？我笑说，有些事儿你永远也不可能准备好，但该上的时候也只能硬上了。

一路上，欢子讲起许多往事。她说，实际上也不应该叫她妈老妖精，因为她妈更像孙悟空，精明，好斗，坚忍不拔，本领高强，敢于挑战世俗，某种程度上还有忠诚，她爸去世后，她妈一直单身。

她爸妈的爱情既浪漫又纯真。上世纪八十年代，她妈妈读大学，有一天在街上遇见一位男青年用流利的汉语向她问路，等她指完路，男青年说其实自己是日本人，父亲是汉学家，受其影响，特别喜欢中国文化，这次是来哈尔滨旅游的，马上就要回国了，能不能要她的通信地址，以后可以写信，算是交个笔友。那时候人都单纯，她稀里糊涂就给了。当下并没有太当回事儿，没想到一个多月后，果真接到了来自日本的信件，而且是一封言辞滚烫的情书。就这么着，两个人用书信谈起了跨国恋爱。在她即将毕业之际，对方又提出一个大胆的设想，劝她去日本留学，然后两人在日本结婚，等到有机会再一起回中国。

欢子说，你要知道，我姥姥家是一个特别反日的家庭，因为姥姥的大哥是被日本兵杀死的。我妈当时根本没敢提恋爱和结婚的事儿，只是说去留学，就让家里炸了锅。我姥姥明确表示不同意，如果我妈去日本，那就断绝母女关系。后来我妈自己说，姥姥的态度起了反作用，更加坚定了她追求爱情的决心。

欢子说，最终，在她爸爸的帮助下，她妈妈放弃了分配好的铁饭碗，成功登陆东京。一年后两人结婚，接着田仙一出生，她妈妈休学，成为全职主妇，又生下欢子。之后一家四口度过了六年的幸福时光。可惜好景不长，一九九五年她爸爸生病，不到一年便去世了。治病花光了积蓄，她妈妈不得不出去找工作，由于既没有学历，又没有经验，只能做洗碗工之类的体力活。但她妈妈并没有被逆境压倒，在一周打几份工，维持一家三口生计的同时，又申请回到大学，仅用一年时间便完成了剩余的学业。拿到学位后，机遇的大门也应声敞开，由于人力便宜，日本很多劳动密集型企业纷纷向中国转移，其中一家制造砂轮的公司正筹备在大连建厂，她妈妈应聘成功，以翻译的身份带着他们回到了东北。那之后，她妈妈的职位一路高升，只用了三年，便成为该公司在大连分公司的副总经理。又过了两年，因为土地和税务优惠等问题，日本公司退出，她妈妈接手工厂，成为老板。

虽然妈妈的事业蓬勃发展，欢子和田仙一却没有因此过上幸福的生活。为了更好地打拼事业，刚回国，欢子妈妈便将兄妹俩扔给了姥姥和姥爷。姥姥依旧是那个反日的倔强老太太，因为他们有一半日本血统而拒绝和他们说话，背地里还会骂他们是狼崽子。出于报复，他们常常会在姥姥背后搞鬼。

欢子说，我印象最深的一次是我俩偷偷把酱油换成了碘酒，害她用碘酒炖了一锅鱼，然后更厉害的来了，她发现了却装作没发现，照旧吃鱼，我和我哥怕露馅，也不敢不吃，最后硬是把鱼吃完了。好奇问，那你姥爷呢？他是什么反应？欢子说，他也发现了，又不敢说，为了照顾大家，吃得最多。他很面的，是典型的妻管严，但对我和我哥特好，所以啊，在家里，除了我姥姥的冷暴力，其他都挺好的。

更难的是在学校里，因为是中日混血，他们很快就成了学校里的名人，随之而来的便是各种孤立、歧视和欺凌。欢子说，我从小就比较刚，如果有人骂我，我肯定要骂回去，如果有人敢打我，我肯定也要打回去，就算是比我大的男孩儿也不怕。我哥就比较弱，特爱哭，被人嘲笑了，哭，被人骂了，也哭，比他矮的孩子打他，他也不敢还手，说出来，你可能不信，那时候一直是我在保护他。我说我信，他跟我说过，自己小时候特完蛋，后来是有一次，你被人把鼻子打出血了，还是怎么着，他才开窍，才开始反抗。欢子说，差不多吧，我记不清了，反正后来我们俩就有点像那个电影里的两兄妹，电影叫啥来着，导演是王家卫，梁朝伟和赵薇演兄妹，《举世无双》？我纠正她，应该是《天下无双》。欢子说，对，就是这个电影，在学校里，我和我哥就跟他俩一样，大家都怕我们。而且我比他更有名，因为我比较早熟，小学六年级，我就开始谈朋友了。她难得露出害羞的表情。我问然后呢？她说没啥然后了，由于没经验，很快就被老师发现了，告诉了我姥姥，我姥姥又给我妈打电话告状，说已经管不了我们了，让我妈赶紧把我们领走。那时候，我妈的厂子效益也一般，我姥爷身体也不好，我妈就把厂子卖了，回到哈尔滨，改做服装生意，我们一家三口才算团聚。

——你猜搞对象这件事儿，我妈是怎么教育我的？

——既然你都让我猜了，难道是鼓励？

欢子说，也不完全是鼓励，而是说了说她的观点，当时我还不太懂，长大之后越想越觉得有道理。大概意思是说，她不反对我搞对象，因为男人更像是动物，好男人就像是珍稀动物，搞对象的过程就像是寻找珍稀动物的过程，可能一下子就找到了，就像她，像我姥姥，但也可能找一辈子都找不到，所以呢，这件事儿也是需要经验的，多积攒点经验也没坏处，前提是我要保护好自己。我说，那她是挺开明的。欢子撇嘴说，才不是呢，她很"双标"的，上初中，我哥也早恋了，她的态度完全不一样，严防死守，恨不得在他身上装个跟踪器。我问为啥呢？欢子想了想说，没问过，我猜想，可能是因为我哥学习比较好吧，她的期望比较高，我学习一直不行，从小就是，看书就困，更擅长骂架和打人，所以后来去学了跆拳道，竟然也上了大学，算是超出了她的预期。

话说到这里，我们已经进入上海，时间是晚上八点多，天全黑了，依旧下雨，细细密密，带着几丝寒意。欢子说，可能就是那段时间我妈管我哥管得太严了，高中时，他才会特叛逆，就像弹簧，你压得越紧，它反弹越厉害。像我就没有什么叛逆期。

按理说，在田仙一的葬礼上，我应该见过欢子妈妈，可我想了一路，却一点印象也没有，只模模糊糊记得一个胖乎乎的女人，慈眉善目，站在欢子旁边，帮着忙活，张罗事情，但怎么想，都与欢子描述的性格对不上。我问欢子，那个人是不是你妈妈？欢子说，那是我舅妈，我妈压根就没出现，一直躲在酒店里。不过，你不用着急，一会儿就能见着了。我说这么晚了，还要去找她吗？说完就后悔了，人家是母女，当然想尽快见面。同时我还想到一个问题，是不是应该让阿姨回家和欢子同住，我先搬去酒店？欢子仿佛看穿了我的心思，说你想多了，不是我想见她，是她想见我们。还有，你也不用担心住的问题，她有洁癖，更愿意住酒店。

下了中环，趁着红灯，欢子给妈妈打电话，开了免提让我听，得知我们回到了上海，欢子妈妈用不容置疑的语气命令我们去酒店找她。那是她常住的酒店，欢子很熟悉，告诉她我们还没吃晚饭，约在酒店一层的面馆见面。

面馆叫老弄堂，欢子推荐招牌，猪肝蛤蜊面，鲜而不腻，我和她各点了一碗，又要了汤和炸猪排。坐到正对门口的位置，吃到一半，走进来一位中年妇女，我一看便知道是欢子妈妈，也马上明白了欢子和田仙一为什么会长那么高，稍有遗憾的是，他们只遗传了身高。她穿着深灰色的套装，化了淡妆，就到面馆吃饭而言，显得有些过于隆重，服务员看见她也颇为诧异。我站起来向她问好。她看也不看我，抽了纸巾，认真擦拭椅子。欢子习以为常，招呼我继续吃面。欢子妈妈缓缓落座，姿态优雅，上下打量欢子说，你这件衣服穿了三四年了吧？欢子翻白眼，说我没钱，行了吧。欢子妈妈低头弹了弹裤子上细小的褶皱，说我没别的意思，就是提醒你对自己好一点。欢子大口吃面，含糊不清地说，谢谢啊，我对自己好着呢。欢子妈妈做了一个无奈的表情，说行吧，随便你，赶紧吃吧，吃完饭把你哥的骨灰取来，我明天就回去了。欢子放下筷子，郑重地看向她说，我都说了，骨灰已经撒海里了。第一次，欢子妈妈将目光投向我，我点点头。她显然生气了，瞪大眼睛，看回欢子，双眼皮变成了三层，瞳孔散发出悲伤的气息。

——谁让你那么干的？

——我哥啊，白纸黑字写着的，你也看见了。

我墓地都买好了，你知不知道？欢子妈妈用一根手指敲了敲桌子。

欢子说，买好了，就先放着呗，反正早晚也能用上。

——你哥的、我的、你的，我都买好了，现在多出来一个，你说怎么办？

这次换欢子急了，问，你咋想的？我还活得好好的，你买我的干什么？

我坐在旁边十分尴尬，为了化解紧张的气氛，便抖了个机灵说，可能是多买有优惠吧，比如买二送一什么的。她俩同时瞪我，我见自己成功吸引了火力，心里一横，想算了，成全她们母女俩牺牲我一个也没啥，厚着脸皮继续说，要不然算我一个，一、二、三，三块墓地，正好。好在两人有幽默感，都被逗乐了，也许是苦笑，但至少是笑。

欢子竖大拇指说，我觉得可以。

她妈妈的笑容转瞬即逝，问欢子，这是你新男朋友？欢子擦了擦嘴说，对，崭新的，和我也认识，是我哥的朋友。后半句引起了欢子妈妈的兴趣，她定定地看着我问，那你是做什么工作的？我如实回答，写小说，也做编剧。她看看欢子，又看看我，不无嘲讽地说，那就是没工作喽。我不得不承认，在令人难堪这一点上，她有过人的天赋。欢子抢先说，他和我哥不一样，已经出版过好几本书了。欢子妈妈不为所动，依旧看着我，又问，那你知道自己是她的第几个男朋友吗？我大概明白了，她并不在乎我的感受，针对的其实是欢子。因为欢子违背了她的意愿，她必须做点什么，以示惩戒。欢子当然也明白，冷笑着说，我自己都不记得了，您还帮我记着呢？

你是第十二个。欢子妈妈边说边看我的反应。

这种情况，我必须得护着点欢子，故作惊讶问，真的？那真是太好了，您不知道，十二正好是我的幸运数字。这并非完全的谎话，上学时，不管踢足球，还是打篮球，我的球衣号码都是十二，没什么特殊的原因，性格使然，喜欢唱反调，想避开热门号码，现在看来却成了某种巧合。对于我的答案，欢子妈妈稍感意外，问为什么？我已经提前想好了应对，说因为十二这个数字好啊，然后便把能想到的关于十二的知识点统统说了一遍。历法上看，十二的地位很特殊，一年有十二个月，一天十二个时辰，二十四小时也是十二的倍数，还有十二生肖，地支也是十二个。不仅东方，西方也很看重十二，有十二个星座，耶稣有十二门徒，足球场上点球点到球门的距离是十二码（约十一米）。她耐心听我说完，脸上渐渐浮现出狡黠的笑意，说，不好意思，我记错了，你不是第十二个，而是第十三个。我相信这一次她是在考验我了，这是好现象，有考验，才有接受。我积极思考，想出一个解释，说，十三就更好了，根据历法，十二往往是一个周期的完结，十二加一，则表示是一个全新的开始。我看欢子，欢子眯眯笑，再次竖大拇指。欢子妈妈又严肃起来，问欢子，那你们准备什么时候结婚呢？欢子说，我们还年轻，不着急。欢子妈妈看向我说，那你要加油啊，只有你们结婚了，那块墓地才能给你。我说，知道了，谢谢阿姨，我会努力的。

回家的路上，换我开车。欢子说我妈就这样，她越是挤对你，其实越是看重你，我的前男友，她基本理都不理。还有墓地和结婚啥的，你就当她瞎说，别有压力。顺着这个话题，我们自然而然聊起各自对婚姻的看法。欢子说，我倒是从来没想过结婚，也不是抵制，就是，怎么讲，我总是想象这样一个画面，如果有人辜负我了，我能毫不留恋转身就走，一定是那种特潇洒的转身，绝对不会拖泥带水。但如果结婚了，制约就多了，好像就没法那么潇洒了，你懂我的意思吧？我说懂，太懂了，过去我也是这种感受，甚至连想象的画面都十分相似。欢子问，那现在呢？我说，实话啊，不是想讨好你或者怎么样，和你在一起之后，就感觉特安全，觉得顺其自然就好，如果结婚了，也是水到渠成。欢子说，巧了，和我一样。我说，这几天还有一件事儿对我也有触动，就是五叔居然要结婚了。欢子好奇，说那天我就想问了，五叔要结婚，你们为什么那么大反应？

——因为五叔特别。

——怎么个特别法？

——他有天眼。

天眼这个说法最先是谁提出来的，已经记不清了，可能是我妈，也可能是海洋妈妈。五叔自己并不承认，更不会主动提起。至于他的天眼是怎么来的，是天生的，还是后天习得的，无论少年时的我们如何追问，他都笑而不答。不过，可以明确的一点是，他的几个把兄弟哥哥肯定了解内情，同时他们保密的还有一件事儿，当年遭遇雪崩被困，是五叔救了他们，但具体的解救过程，他们从来不提。由此，我暗暗推测，也许两者之间存在着某种关联，假设是雪崩造成的绝境激发了五叔的潜能，使他开了天眼，这也说得通。除了天眼，五叔还有不少特别之处，一直剃光头，不近女色，始终住在老家农村，心甘情愿做农民。他的四个哥哥都算有本事，也都愿意帮他，印象里我爸曾数次向他发出邀请，他都不为所动。所有的这些事情，让我隐约感觉到，五叔仿佛在守护着什么，一个信念，一段感情，或者是痛苦的记忆碎片。守护不变，他就不会变。现在他要结婚了，说明他已然放下了曾经要守护的东西，归根结底，令我惊讶的是这件事儿。

欢子对天眼兴趣盎然，问我，开了天眼是不是就会算命？我说算是吧，我们小时候也缠着五叔给我们算过，但他的能力不止算命。欢子追问，那还有啥？我说，我亲眼见到的只有一个，是闭着眼睛走直线。欢子皱眉，说这算什么能力？我也能。

我当时的反应和欢子一样。

时间又要回到一九九七年，刚过完春节，不是初四就是初五，五叔坐了一夜火车来给我爸妈拜年。说是拜年，其实是幌子，大人们瞒着我们，但我们三个，明明、海洋和我都清楚，五叔是来平事儿的。

事情要从海洋家的游艺城说起，那是三叔置下的产业，地段绝佳，日进斗金，是人人眼馋的肥肉。三叔有威望，活着时能镇住，他去世后，人走茶凉，很多人便蠢蠢欲动，想着法地要把那地方据为己有。海洋妈妈也明白，没有三叔，游艺城就是烫手山芋，也想卖掉，便委托我爸帮忙，和买家谈判。起初很顺利，几个买家也是正经生意人，价格谈得不错，后来因为四毛子搅局，一切就变了味道。四毛子是城里最大的流氓，没有之一。我不知道他的本名，江湖传说，他在家里排行老四，有三个哥哥，一个哥哥在省里当官，因为有人撑腰，再加上手段毒辣，为人阴损，才会在流氓界做大做强。一九九六年、一九九七年是他职业生涯的鼎盛时期，在他放话要买游艺城后，游艺城便天天出事儿，打架、偷东西，甚至还发生过一次小型火灾，大家都清楚是怎么回事，之前的买家意识到惹不起，纷纷退出。我爸也有些人脉，托关系找四毛子谈判，他避而不见，只是传过来一个低到离谱的报价，我爸决然拒绝。很快，我们家也成了骚扰对象，经常有陌生电话打过来，有时是无端的咒骂，有时是令人恶心的怪声。我爸最痛恨这些歪门邪道，不为所动，继续找关系，和四毛子周旋，四毛子再次报价，涨了一点，就像是施舍。我爸再次拒绝，随之而来的骚扰也变本加厉，几次有人半夜向我们家窗口扔砖头，有一回明明反应迅速，冲下楼，抓到一个小混混，打了一顿，但终究无法解决问题。海洋妈妈害怕，劝我爸，要不干脆就低价卖给四毛子算了，破财免灾。我爸哪里能服这个软，这才叫来了五叔。

我已经忘了为什么会和五叔聊到他的天眼，只记得地点是在游艺城。因为过年，游艺城还没开业，只有我们仨，海洋、明明和我，陪五叔包场打游戏。当五叔说到他能闭着眼睛走直线时，我们都认为那不算本事，自己也能行，每个人都做了尝试，无一不走偏。

欢子坚信自己比我们强，回到小区，停好车，我们便在路上做实验。我走出十几米，让她自己蒙着眼睛走向我。第一次，她走得很快，严重偏向左边。她不服，再次挑战，走得很慢，每一步都谨小慎微，结果还是偏掉。她说，我知道了，是因为两条腿的力量不一样。我说没错，传说中的鬼打墙，也是因为这个原因。一个人不可能做到两侧肢体的力量完全相同，所以我才说，这是五叔天眼的能力。欢子问，五叔的能力，除了这个，还有别的吗？

肯定有，这也是我爸找他帮忙的原因，但具体是什么能力，我不知道。同一天我们也问过五叔，要怎么摆平四毛子，五叔的回答令我们颇为失望，他只说了两个字：送礼。我们天真地以为，五叔所说的送礼是真的送礼，直到不久之后，听到社会上的传言，我才明白，送礼是一种委婉表达。传言说，某个早上，四毛子醒来，在枕头底下发现了某样不属于自己的东西。有的说是一把带血的匕首，有的说是三粒子弹。最血腥最不可信的说法，是人的一只耳朵。我不知道实际送的是什么，怎么送的，唯一可以肯定的是，那个礼物来自五叔，威慑效果立竿见影，四毛子接受了我爸的报价，骚扰电话和午夜砖头也没再出现。当时，五叔还对四毛子的命运做了预测，说他兔子尾巴长不了。一年后，四毛子被抓，因故意伤害、敲诈勒索、私藏枪支等多项罪名被判死刑。

欢子说，听你这么说，我更想找五叔算命了。

## 第六章：天眼消失于夜晚

　　过了一周，五叔的婚期临近，我妈和我们视频，提醒我们东北冷，要带大衣。提起新娘，我妈说，已经弄清楚了，是农家乐的运营主管。我纠正她，人家那是民宿。

　　大概是2010年，五叔家旁边的山上建了一座滑雪场。那时候四叔已经出狱，一心想着再做点什么，听说有滑雪场，认准是个商机，卖掉在厦门的一处房产，带着钱，找到五叔，在他家的宅基地上建了三层楼，做起了民宿，起名叫老兵山庄。这么多年了，生意始终不错。我妈说，我问过你四叔了，姑娘是南方的，湖北的也不是湖南的，好像比你还小呢，人很漂亮，还能干，各方面都挺不错。视频结束，我妈发来新娘的照片，是个方脸女孩儿，齐耳短发，深眼窝，下颚线和眼神同时透露出几分坚毅。欢子端详了一会儿说，我猜一定是她追的五叔。

　　很快我们在老兵山庄见到了真人，要比照片上的温柔。五叔为我们介绍，路湘，叫湘湘就行。为了婚礼，五叔也留了寸头，表情依旧淡然，不慌不忙。虽然两人相差十几岁，站在一起却有种奇妙的和谐感，就像时针和分针，正是因为各自代表了不同的时间，才成为一个有意义的整体。

我们尽管提前了三天，却还是最晚到的。大伯、明明、我爸妈、三婶儿都比我们到得早，唯独海洋还没来。问三婶儿，三婶儿叹气说，我正想问问你们呢，没有别的意思啊，不是怪你们或者怎么样，你们别多想。我一听这么长的铺垫，肯定是海洋又有反常。我妈在旁边受不了如此客气，说都自己人，这么说多生分啊。三婶儿不好意思，又叹气说，那我就说了，是这样的，海洋从你们那回来之后，就从学校辞职了，我开始还不知道，他们校长给我打电话，这才知道。我就过去看他，想问问他什么情况。他不愿和我住，自己还住在老房子那。开门进了房间我就傻眼了，桌子上全是外卖盒子，一看就好几天没出屋了，那味儿啊，特呛人，人家自己倒是无所谓，就躺在沙发上玩手机游戏。我就问他，为啥辞职？你这是想干啥呀？他说不用你管，我以后就这样了。我又问了半天，人家盐油不进，就一句话，别管我，我以后就这样了。这不你五叔结婚，我叫他来，他也不来，我让你五叔亲自给他打电话，他干脆就不接。三婶儿动了感情，眼圈发红，缓了缓，继续说，我就想问问你们啊，在上海，是不是出什么事儿？为啥回来之后就变这样了呢？我为难，看欢子，向她求助，她领会我的意思，对三婶儿说，他答应了海洋，要保密，我没有保密协议，还是我来说吧。

欢子将事情详细讲述一遍。三婶儿静静听完，恶狠狠地骂了句脏话，说怎么还会怀疑明明呢，就是这个二炮啊，居然让他自己死了，真是便宜他了。我妈说，看来海洋被伤得不轻。三婶儿唏嘘，说可不是嘛，你不知道，他他妈活着的时候对海洋真是太好了，现在越想越不对劲儿，真的，就跟海洋是他亲爹似的，很多人对亲爹都没那么好。我妈说，你还记不记得，刚出事儿的时候老五也帮着看过，当时只看到三个字，身边人，我们都以为是老三的身边人，没想到是海洋的。三婶儿的眼泪瞬间掉下来，说我们还是笨啊，怎么早就没想到呢，要是早点想到，就能为三哥报仇了。我妈搂住她，安慰说，这谁能想到啊，他那时候还是小孩儿吧？我说是，刚上初中。我妈继续说，现在人已经死了，也算是老天爷帮着老三报了仇了。三婶儿抹干眼泪说，也是，不哭了，哭也没用。还是说海洋吧，他从小就心思重，爱钻牛角尖，现在这样，你们帮我想想，怎么才能让他走出来？我已经悄悄想过了，并没有什么好办法。我说，要不这样吧，回头问问五叔，看看他怎么说。三婶儿也同意。我妈说，白天人多眼杂，等晚上的，我们一起去找他。

东北农村结婚的习俗，流水席要办三天，请来专做婚宴的厨师，在院子里，用苫布支起大棚子，几乎全村的人都会过来吃席。饭毕，餐桌立马改成麻将桌，吵闹声和搓麻将的声音连成一片，热闹非凡。

五叔好清静，这当然不是他的本意，他虽然是本地人，亲戚朋友却少得可怜。真正的组织者是四叔，来的人也都是四叔的朋友。这正是四叔的本事，用我爸的话说，四叔的人生只有三件事儿，吃饭、睡觉、交朋友。五叔当然知道自己的婚礼其实是四叔的交际场，也丝毫不在意，反正不用他出去应酬就行，乐呵呵拉着大伯和我爸去三楼的棋牌室打麻将，我和明明轮流给他们做牌搭子。五叔一直赢，明明开玩笑说，五叔，你是不是用天眼了？五叔笑而不语。明明又说，不然不应该啊，不是情场得意，赌场失意吗？要不你跟我们说说，你和五舅妈到底是怎么认识的？五叔说，其实没啥，去年冬天，她来滑雪，住我们这儿，就这么认识了。我问，然后呢？五叔说，真的没啥可讲的。明明说不可能，肯定有故事。五叔想了想，放下手里的牌，看了看我们说，要不这样吧，你们问自己的事儿吧，我感觉你们都有心事儿。意思很明显，他想用天眼帮我们看看，这还是我认识五叔以来的头一回。因为太突然，我们都有些反应不及。大伯先表态说，我没事儿，没啥可问的。说完拿起香烟，想了想，又放下。五叔看我爸，我爸是硬汉，怎么可能算命呢，看着自己的麻将牌，头也不抬说，我也没事儿，你二嫂倒是有想问的，到时候她会找你。五叔又看明明，明明有些局促，说我不着急，等一会儿再问。我猜到了，他的问题肯定和自己的婚姻有关。大伯也有所察觉，命令他，就现在问，有什么可藏着掖着的。明明嘻嘻笑，说其实也没事儿，不问也行。五叔说，说破无毒，你不问我可直接说了。明明骑虎难下，脸憋得通红。我有点奇怪，五叔向来温和，怎么突然有点咄咄逼人了？明明说，行，我问，那什么，我还想要个儿子，响应国家政策嘛，但你们也都知道，我和我媳妇儿本来要孩子就困难，现在岁数又大，也不知道能不能行。五叔摇头，看向大伯说，他离婚了。大伯脸色唰就白了，飞速抓起两颗麻将，砸向明明，明明早有准备，躲开一颗，另一颗打在肩膀上，他失去重心，摔坐在地。大伯一向脾气暴躁，站起来，要掀桌子，砸明明，被我爸和五叔牢牢按住。我爸劝他说，你干吗呀？离婚就离婚呗，你看他，我爸看了看我，继续说，还没结婚呢，我不比你愁啊？大伯气得呼呼直喘，眼圈也红了，指着明明骂：你他妈就不能让我省点心吗？好好的日子不过，非他妈给我整点事儿来，为什么会离婚？你是不是在外面瞎搞了？我扶明明起来，明明也不生气，笑嘻嘻对大伯说，爸你别生气，离婚是离婚了，但感情还在，我正在争取复婚，这不是想问问五叔嘛，能不能复婚。五叔肯定地说，能。明明笑得更开了，问，真的？五叔点头说，真的。大伯本来心脏不太好，也累了，长出一口气，坐回椅子上。五叔看着大伯说，明明说完了，该你了，别藏着掖着了。大伯靠着椅背，叹了口气说，说就说吧，也瞒不了你，我要死了，基本确诊了，看向我爸，继续说，和你家老爷子一个毛病。我这才明白，五叔逼迫明明，其实意在大伯。明明看我，我说是咽喉癌，但我爷发现晚了，如果是早期，问题应该不大。我们同时看五叔，五叔拍拍大伯的肩膀说，放心吧，你死不了，多了我不敢说，再活二十年肯定没问题。我们都松了一口气，大伯的脸上也恢复了血色。明明说，你就别回唐山了，直接跟我去厦门，让你儿媳妇给你找最好的医生。大伯狠狠瞪明明说，我不去。五叔说，要去，去了之后再做一个详细的检查。明明拿起手机说，我这就订机票。

桌上的气氛缓和下来，我爸问我，你就没啥想问的吗？我问五叔，您看我爸身体怎么样？五叔拍拍我爸肩膀说，特棒，没啥可担心的。我爸白我一眼，不再说话。我又想到海洋的问题，但有些犹豫，因为三婶不在。五叔好像看出我的心思，说先让他缓缓，有问题一会儿再问。大伯皱眉说，老五啊，我怎么总感觉你今天有点反常呢？五叔笑了笑，表情轻松说，我也不瞒你们了，我自己啊，有种预感，我的这个能力，也就是你们所说的天眼，就要消失了。

北方冬天太阳下山早，四点多，棚子里的麻将桌又变回饭桌，酒菜陆续端上，朋友们吃喝的速度有如风卷残云，很快酒足饭饱，三五成群散去，剩下帮忙的妇女打包剩菜剩饭，收拾碗筷。等到天黑灯亮，妇女们也走了，院子里安静下来，倒是显得有几分寂寥。

我们在一楼的包厢吃晚饭。民宿有自己的厨师，给我们开小灶，明明也下厨，做了拿手的姜母鸭。欢子和我坐一起，告诉我，已经从湘湘那里知道了她和五叔的恋爱过程。我说我也知道了，是湘湘来滑雪，住在这里，就认识了。欢子问，住在这儿又是怎么认识的呢？平时五叔又不管民宿的事儿。我说，那我就不知道了，五叔不肯说。欢子得意，仿佛自己掌握了重大机密，贴在我耳边说：是因为天眼。我也学她的样子，贴在她耳边告诉她：五叔说，他的天眼可能要消失了。她惊讶地睁大眼睛，意在问我真的假的，我摊手表示不确定。其他人又聊起大伯的病，我们便暂停了这个话题。

四叔也赞同大伯去厦门治病，看着大伯说，我都想好了，等老五结完婚，这边的民宿就交给他和湘湘，我要回厦门，再搞个民宿。等你病好了，也不要回唐山了，反正你也是一个人，我也是一个人，我们就一起过日子好了，到时候，夏天就来这避暑，冬天就去厦门过冬，不要太舒服了。大伯连连摆手说，不行不行，我可折腾不起。我爸接茬说，怎么不行？我就觉得挺好，你这一辈子就是太求稳了，老了也该折腾折腾了，到时候我们也加入，咱们一起，也算是集体养老。我妈拍了拍身边的三婶儿说，燕儿也一起，正好咱俩也做个伴儿。三婶儿还在为海洋的事儿心烦，脸上挂着愁容说，我也想呢，可海洋这孩子实在是不省心啊。老哥几个还不知道情况，纷纷问怎么了，我妈粗略讲了讲，欢子做补充。三婶儿问五叔，你看怎么才能让海洋走出来？五叔想了想，说三嫂，你别怪我太直接，我能先问你个问题吗？三婶儿说，当然能了，你问。五叔问，如果没办法，海洋就这样了，你能接受吗？三婶儿神色暗淡，缓缓给自己倒了一小杯白酒，犹豫了一下，闭上眼睛，一口干掉，再睁开，眼睛里泛起了泪光，还是不死心，问五叔，就真的没办法了？五叔也喝了一口酒，继续问，能接受吗？三婶儿咬了咬嘴唇，昂着脖子，咽了口吐沫说，行吧，能，我能接受。五叔说，好，能接受就好，说实话，我也看不太清，大概五五开吧，也不是完全没办法，办法就是劝。三婶儿问，怎么劝？五叔直直看我，其他人也看我，我被看得有些发毛，我妈替我问，老五啊，这是啥意思，是让他去劝吗？五叔好像愣住了，目光穿过我，看向我身后，过了几秒才缓过神儿来，朝我点点头，接着说，算是吧，我也看不清了，不过还有一句话：真作假时假亦真。说完，他站起来，转身往外走，刚走了几步，脚下一软，瘫倒在地，我们所有人都吓了一跳。湘湘和四叔离得最近，赶紧去扶他，他示意不用扶，自己摇晃着站起来，脚步踉跄地走回来，样子就像刚刚才学会走路，表情也有些怪异，看我们的眼神透露着好奇和新鲜感。欢子拉着我的胳膊，悄声问我，这是怎么回事儿啊？我说我也不知道，以前没见过。我看了看其他人，发现老哥几个都挺镇静，正在交换眼神。大伯先开口，问五叔，老五，你没事儿吧？五叔不答，给自己倒酒，两只手抖个不停。我爸问，你是不是冷啊？五叔回答：有点。但声音不对，显然比五叔的更细更尖。而且房间里有暖气，一点也不冷，甚至可以算是有点热。我爸看我，说你去把空调打开。我找到遥控器，打开空调，调到二十六度。回到座位，五叔已经喝完酒，脸红扑扑的，似笑非笑，仿佛带着醉意，正一个一个地打量我们。看到欢子，说幸会幸会。欢子胆子大，回说幸会幸会，请问您是哪位？他摆手说，我是谁不重要，就是趁着今天大家都在，来打个招呼。接着他又看向我，露出同情的表情说，你小时候多可爱啊，现在越来越像二哥了，老气横秋的。不等我说话，他便转向我爸，我爸很平静，问他，老六，你这次来是有什么事儿吗？五叔扫视大家，说其实我是来跟大家告别的。这么多年了，我最牵挂的就是我爸妈，感谢你们一直帮我照顾他们二老，现在他们也走了，老五也要结婚了，我觉得我也该走了。来，我们最后再喝一个。他给自己倒酒，这次手不抖了。然后，举着酒杯站起来，我们也拿着各自的杯子站起来，他挨个和我们碰杯，最后一个是湘湘。湘湘淡定如常，碰完杯，他说，这些年老五辛苦了，以后还要麻烦你多多照顾他。湘湘说，放心吧，我会的。喝完酒，他说，行了，各位，就这样吧，我再出去看一眼就走了，你们继续吃，吃好喝好。他转身往外走，我爸看看明明，又看看我说，你俩去跟着。

我和明明跟着他走出房子，走出院子，走到街上，街上没有灯，越走越黑。明明问，你这是去哪啊？他也不答话，继续往前走。气温很低，零下十几度，我和明明冻得瑟瑟发抖。欢子和湘湘跑出来给我们送大衣，也跟着一起。又走了一会儿，五叔停住说，要结婚了，家里应该有烟花吧？湘湘说有。他说我想看烟花。我和欢子留下守着他，湘湘和明明回去拿烟花。欢子问，你就是五叔的天眼？他说差不多吧，你们要是有问题，现在还可以问，等我走了，你们就没地儿问了。我问他，刚才五叔说的真作假时假亦真，究竟是什么意思？他没好气地说，亏你还写小说呢，这都不知道。我说这和小说有什么关系呢？他不耐烦，说写小说的是你，又不是我，你自己悟吧。怎么拿个烟花这么慢呢？我回头看，明明和湘湘正抱着烟花走出院门。我说，已经来了。他慢慢抬起头，看向天空，说下雪了，真美啊，说完伸出双手，做出接雪花的样子。我和欢子跟着向上看，没有下雪，没有雪花，没有月亮，夜空晴朗，繁星满天。他的手就那么举了几秒，身体突然失去了控制，软绵绵地向后倒来，我和欢子迅速上前，将他扶住，他闭着眼睛，呼吸均匀，就像是睡着了。湘湘和明明抱着烟花跑过来。湘湘镇定自若，说没事儿，老六已经走了，送他回去吧，让他继续睡，睡醒了就好了。

我把五叔背回房间，坐到一边休息，他们给五叔脱了衣服，盖上被子。我问湘湘，这种情况，你以前就见过？湘湘说，见过一次，困在传销里的那回。我和明明诧异，问困在传销里是怎么回事儿？欢子显然已经知道了，说咱们别影响五叔睡觉，出去说吧。

我们回到包厢，他们都等着呢，得知五叔睡了，才放下心来。提起湘湘和五叔被困传销，四叔说，这个我知道，我来讲吧。

原来五叔和湘湘的姻缘，有一半的功劳要归四叔。去年冬天湘湘和一个朋友结伴来滑雪，结果下午刚到，晚上就要走，四叔正好在前台，纳闷问为什么呢？还没玩呢怎么就要走了？当时湘湘几乎要哭了，说刚刚接到妈妈的电话，她弟弟被骗进了传销，给家里打电话了，具体在哪不知道，她要回去帮着找。四叔热心肠，叫来五叔帮着看看。五叔听了湘湘的讲述，说这个情况，我也看不了，要不这样吧，你跟你妈妈要他们的电话，给他们打回去，告诉你弟弟你愿意加入，问他们在哪，到时候我替你去，我一直好奇传销内部到底是什么样儿，你放心，我保证把你弟弟平安带回来。湘湘说，那不行，我们萍水相逢，你帮我，我不能让你自己冒险，我要和你一起。

湘湘照着五叔的方法果然问出了地址，在江西上饶。两人先坐飞机又坐高铁，最后坐汽车，在一个破旧的汽车站成功与传销团伙的人接上了头儿。

据说传销分成南北两派，北派比较凶狠，如果想逃，会被拘禁殴打。南派的暴力行为较少，更多是靠洗脑。湘湘弟弟所在的是南派，他是被一个女孩儿骗去的，女孩儿已经被洗脑，不愿离开，他弟弟因为喜欢女孩儿，也不想走。被骗入传销的人多数是劳苦大众，本来就信命，被洗脑后，纷纷幻想逆天改命，一夜暴富。五叔通过观察，很快发现了这一点，于是便利用自己的能力，给团伙里的人算命，展开反洗脑。

四叔总结说，最后那些人都成了老五的信徒，老五说啥他们信啥，然后老五就把整个团伙就地解散了。

三婶问湘湘，那你俩是什么时候好上的呢？湘湘说，是我来这儿上班之后的事儿了。我妈说，你来这儿上班就是为了老五？湘湘脸红，大方承认。欢子问，什么时候发现自己爱上了五叔呢？湘湘脸更红了，说就是老六上次出现之后。

湘湘回忆，那一次老六来访也是晚饭的当口。传销里的伙食很差，甚至不如乞丐，因为没有钱，吃的都是团伙里的人从菜市场捡回来的白菜帮子。吃着吃着，五叔突然像变了一个人，将自己的饭碗扣到了桌上，抱怨说这根本不是给人吃的东西，接着便开始痛骂在座的各位"伙伴"。湘湘解释，传销里彼此之间很少叫名字，都称呼伙伴，当然也不会说做传销，而是说干行业。老六的骂也不是一般的骂，会点明诸多前因后果，某种意义上也是算命，但和五叔的风格不同。五叔很温和，结论向来比较笼统，老六则亢奋激进，细节丰富，结论一针见血，好几个人被骂得痛哭流涕，反而效果奇好，那之后，多数人被成功反洗脑，成了五叔的追随者。

湘湘说，后来，他说着说着就晕倒了，怎么叫也叫不醒，那一夜我就一直守在他身边，偷偷哭了好几回，特怕他醒不过来。湘湘笑了笑，没再说下去，我们也都懂了。

我问我爸，这个老六到底是谁呢？以前没听你们说过。我爸看四叔，说你愿意讲，你来讲吧。四叔说，其实也没啥可讲的，当时雪崩，我们被困住，老五和老六一起去找路，为了扩大搜索面积，中间两人就分开了，结果老五找回了营地，老六冻死了。后来，我们就把他算作是老六，这里其实是老六家，老五是孤儿，他一直在这儿照顾老六的父母，我们每年就出点钱。老太太好像去世五六年了吧？四叔看看我爸和大伯，两人点头。四叔继续说，老头是去年走的，现在老六也走了，老五以后就自由了。大伯接着说，要我说，老五啊，就是太聪明了，什么算命、天眼，反正我都不信，他就是聪明，观察敏锐，想得比我们远，看得比我们明白，老六这个事儿，说是他演的，我也信。明明说，或者是因为太伤心了，幻想出一个老六的人格。大伯显然不同意，瞪了明明一眼，明明笑着说，我瞎说的，闲唠嗑嘛。我想到最后老六想看烟花却没看成，就问老哥仨，现在还放不放？老哥仨同声说，放，去放吧。

到了外面，发现竟然真下雪了。明明从小喜欢烟花爆竹，点火的事儿都交给他，我们只负责看。烟花很美，就像是荧光水粉洒在黑色的画布上。欢子说，老六刚才说下雪了，现在真的下雪了，他说真美啊，说的可能是烟花，他刚才看到的可能是现在。我说，有这个可能。欢子感叹，这个夜晚可真够魔幻的，不过是好的魔幻。我搂着她问还有坏的魔幻？红色的烟花在夜空中爆开，转瞬即逝，只剩下一团烟雾。欢子看着烟雾说，我哥的死就是坏的魔幻，现在好坏抵消，世界又恢复了正常。她回身也搂住我。又一颗烟花升空，这一次是蓝色。我不由得想，如果可以将人生浓缩成几秒，大概就是抱团取暖等待烟花绽放的定格。

第二天，五叔一切如常。村里的朋友们照旧来吃席，打麻将。下午湘湘的家人们来了，她弟弟也在其中，见了五叔毕恭毕敬喊姐夫。再转天，便是婚礼。与南方不同，东北的婚礼是在中午，良辰吉时，放鞭炮，举行仪式，喜庆的气氛也达到了高潮。等到宴席结束，宾客散去，棚子撤走，房间里只剩下我们，离愁别绪渐渐在安静中凝结，但大家都隐忍不发，直到晚饭，才开始谈论彼此的行程。因为要看病，大伯和明明不得不走。我爸和我妈闲云野鹤，想着要滑雪，会多住几天。我妈劝三婶儿也留下，但三婶儿放心不下海洋，又问五叔，那天说让我去劝海洋，以及假作真时真亦假究竟是什么意思。五叔说，现在问我，我也解释不了了，就按字面意思理解吧。我明白三婶儿的心思，问五叔是一方面，更想借此试探我的意思。我妈也看得清楚，不等我说话，就给我出主意，大老远回来一趟，要不你们先去看看海洋，再回上海？我说，我们也是这么想的，但要先去哈尔滨，看看欢子的妈妈。我妈眼睛发亮，连说了两遍应该的。


　　去哈尔滨的火车上，收到编辑唐老师的微信，告诉我修改后的《杀手小镇》过稿了，两个月后刊发。欢子高兴说，听到这个消息感觉就像看见了海市蜃楼。

　　本来我们想给她妈妈一个惊喜，到了家门口欢子才发现自己带错了钥匙，而她妈妈又不在家。我说要不给她打电话吧，欢子说你不了解她，就算给她打电话，她也不会马上回来，我们还是先去吃饭吧。天已经黑了，下了楼，刚要出小区，突然跳出一个保安，问我们：喂，你俩，是这个小区的吗？我心想，哈尔滨的小区保安这么负责任吗？欢子不惊反喜，说，哎哟，妹子，你怎么还在这儿干呢？被叫妹子的保安有点虚胖，长了张四四方方的国字脸，呵呵笑，说我就是为了等着见你呢。欢子为我们介绍，这是我哥的发小，叫他妹子就行。这是我男朋友。妹子郑重和我握手，说你们还没吃饭吧，我请你们吃饭。

　　我们在附近找了一家烧烤店，得知我不喝酒，妹子露出失望的神色，然后给自己要了一小瓶二锅头。我对他的外号好奇，问他，没有冒犯的意思，你为啥叫妹子呢？他呷了一口酒，指着欢子说，你还笑，就是你哥给我起的，又看我，接着说，我家穷，我又是超生的，小时候总是穿我姐的衣服，就是这么回事儿。欢子说，小时候就是他带头欺负我和我哥，后来被我俩打服了，才变成我哥的朋友。有一段时间，他们好像还组了一个小团体，叫什么七匹狼。妹子不好意思，说好汉不提当年勇。转而又问起我的情况，得知我是辽城人，妹子随口说辽城我去过一次，还是和阿华田一起去的。欢子帮他解释，阿华田是我哥的外号。田仙一从来没和我说起他去过辽城，我好奇，问妹子，你们去辽城干吗？妹子好像有点后悔提起这件事儿，挠了挠眉毛，瞟了瞟欢子说，其实也没啥事儿，就是过去玩。欢子问什么时候的事儿？我怎么不知道？妹子喝酒，说好多年了，具体我都忘了。他说谎的技术实在差点意思，我都看出来了，何况欢子。欢子又追问了几句，他招架不住，说哎呀，就是那个谁，那个老浑蛋，教跆拳道的那个，他后来搬去辽城了。欢子说，行啦，你好好说，别吞吞吐吐的，他都知道，我都告诉他了。妹子看我，神情微变，仿佛认可了我的身份，正式点点头。

妹子回想说，那时候田仙一刚上大学，我在一家KTV做领班。突然有一天，他来找我，让我陪他去趟辽城，我当时都不知道辽城在哪，他说你啥也别问，就说去还是不去。我就说了一个字，去。

两人晚上上火车，清晨到辽城，简单吃完早饭，田仙一便领着他进了一家网吧。他在网吧玩了一天游戏，田仙一进进出出几趟，天黑之后，带着他离开网吧，打车去到一个小区。妹子说，他让我守在一个楼门口，自己上了楼，过了挺半天才下来，然后我们又坐火车，回哈尔滨，路上他才告诉我，是去找那个老浑蛋了，那家伙还教跆拳道呢，就在那个网吧楼下。欢子问，我哥去找他想干吗呢？妹子说，还能干啥？只不过最后没动手。欢子问，为啥没动手？在他家那么长时间，都干什么了？妹子摇头说，那我就不知道了，我也没上去啊。欢子又连着问了好几个问题，妹子只记得网吧在火车站附近，其他的一概不知。我明白欢子的心情。忘了从哪本书上看到过一句话：来自已故之人的消息都是好消息。我也喜欢这样的好消息，可以让我们更好地理解那些故去的亲人和朋友，而理解，在我看来，则是最好的纪念。欢子对妹子说，过两天我正好去辽城，你帮我打听打听，老浑蛋还在不在那，如果还在，问问具体住哪，或者联系方式也行，我想找他聊聊。妹子一口闷掉剩下的二锅头，说行啊，我试试吧，但不一定能问到。

吃完饭，妹子抢着买单，像打架一样，抓得我胳膊生疼。欢子劝我，让他付吧，我哥也争不过他。之后我们一起往回走，到了小区门口，妹子突然站住，隔在我和欢子中间，对欢子说，那什么，我能不能和你对象单独唠两句？欢子苦笑，不客气地问，你想唠啥啊？嘱咐他对我好点，如果不好，你就削他啊？被当场拆穿，妹子不好意思地抓了抓耳朵，说，没有，不让聊就算了，对我笑笑，意味深长地拍了拍我的肩膀，说，行啊，怪冷的，你们赶紧上去吧。

欢子妈妈已经回来了，看见我们不惊不喜，欢子强行和她拥抱，她吸了吸鼻子，一脸嫌弃说，赶紧换衣服，一股烧烤味儿。坐下刚说几句话，欢子的手机响，接起来听了一会儿，她的脸色变得难看，起身去阳台，又说了一阵儿，回来后神情沮丧。我问怎么了？她叹气说，我不能陪你回辽城了，一个女的在我们那健身时流产了，她老公带了一帮人正在闹呢。我想陪她一起回去，她说不用，这点事儿，我自己能处理。

　　睡觉前，欢子搂着妈妈撒娇说，只住一晚，就让你来陪寝吧。夜里，我去卫生间，经过她们门口，还能听见她们在小声唠嗑。到了早上，洗漱完毕，发现早餐竟然是现包的饺子，纯肉馅。欢子说，上车饺子下车面，出门离家最后一顿饭，我们家都要吃饺子，这是从我姥姥那传下来的规矩，你就大胆地吃吧。虽然早起没有食欲，为了不辜负她妈妈的心意，我还是硬硬地吃了六个。

　　欢子的飞机是十点，我买了中午的火车票。她妈妈开车，先送欢子，又送我。欢子妈妈开车的状态和我很像，仿佛大敌当前，随时防备有小孩子或者坦克从路口冲出。见我观察她，她说见笑了，我平时不太开车。我说其实您不用送我。她笑笑，说送你是一方面，主要是想和你说说话。昨晚欢子讲了很多你的事儿，你现在还在帮她哥弄小说，想必之前也没少帮他，我替他谢谢你。这话让我羞愧又难过，我说，您可别这么说，都是我应该做的。她摇头，说没有什么应该不应该，我还一直认为我儿子应该活着，而且应该活得特别好，结果呢，她看我，双眼皮又变成了三层，眼含怒气，我无言以对，她紧紧握着方向盘，目视前方，接着说，说实话，我命挺苦的，但其实也不是那么苦，怎么说呢，就像是你吃东西，不管你先前吃了什么好吃的，最后吃了一口黄连，那你印象最深的一定是苦，我所谓的命苦，就是这么个苦，但毕竟现在还不是最后一口，对不对？我说对，您这么想就对了。她长出一口气，继续说，所以呢，我想再来点甜的，你觉得能行吗？她又看我，怒气已经退去，变成了期待。我明白她的潜台词，说能，肯定能。她开心，抿嘴笑，说你不能光动嘴，还得行动。我说，您放心吧，为了那块墓地，我也会努力的。她板起面孔，责备我，以后不许开这样的玩笑。

她送我到检票口，陪着我候车，进站前，她向我张开双臂，主动与我拥抱，她接纳了我，即便不是作为家人，也是朋友，这给我的心田注入一股暖流。坐上火车，我开始想念欢子，开始畅想我和她的未来，望着窗外飞速倒退的广阔平原，心情不由得变得迫切，她妈妈说得没错，不能光动嘴，也不能光是想象，要行动起来，回到上海便开始行动，或者不如中途下车，即刻回上海，想法甫现，我马上意识到其中的危险，倘若半途而废，便是逃避。我转念又想，或许这是此行的额外意义，表面是去帮人，实则也是助己，念头至此，对于与海洋的再次相会，悄然生出几分期盼。

## 第七章：念念不忘的回响

三小时后，到站下车，时隔多年我再次站到了家乡的土地上，却根本站不稳，因为风实在是太大了，吹着我不得不跑起来。出了站门，迎着刺骨寒风，艰难钻进一辆出租车，司机得知我去银叶大酒店，立马给我脸色看，嘟嘟囔囔说，这么近还打车。我也有些过意不去，大风天谁都不容易，便和他商量：要不这样，市里有啥新的好玩的地方，你带我过去看看。司机打量我，问什么意思？你想玩啥？他的语调土中带硬，硬中带刃，感觉就像说话的同时，还向你耳朵里扬玻璃碴儿，但在我听来却十分亲切，也许这就是乡音的魅力。我耐心向他解释，不是非要玩点啥，我也是本地人，好几年没回来了，就是想四处逛逛，看看家乡的变化。他的脸色有所缓和，说不用看，除了房价变高了，其他都没变。这么大风，哪哪也没人，送完你我就回家打麻将了，转而又问，既然你是本地人，咋还住外面呢？我如实相告，家早就搬走了，这次回来是看朋友。

当然，我也可以住在亲戚家，或者三婶儿家，但只是想想就觉得麻烦。另外，住一次银叶大酒店，也算是我少年时的幼稚梦想。

当时它是城里最好的酒店，每天上下学我和海洋都会经过它立着罗马柱停满小轿车的大门口。上世纪末，在这座城市，住银叶大酒店，去那里消费，可以算是有钱人的绝对象征。总有一天，我也要来这儿住一住。类似的话，我和海洋肯定都说过。但如今的银叶早已失去了往日的辉煌，在手机上订房间，看到一晚房费二百多，我就明白了这一点，而现实比价格所体现出来的衰败更加残酷，出租车在酒店门前停稳，只见中间的旋转门外立着牌子：此门已坏，请走侧门。我四处观看，没有罗马柱，没有喷泉，没有一丁点记忆中豪华酒店的影子，忍不住问司机，到了？司机不客气地反问，不然呢？下车时，司机语重心长地提醒我，这儿已经没有"小姐"了。说完，一脚油门，扬长而去，留下我在风中哭笑不得。

酒店破败了，服务自然也跟不上，前台爱搭不理，就像顾客欠了她钱。好在房间还算整洁，柜子上摆着出售的饮料、方便面，以及小瓶白酒。这是我戒酒后第一次与酒精饮品单独相处，没有丝毫想喝的念头，也算是取得了阶段性的成功。

稍晚和欢子视频，欢子说，她和工作室的教练聊过了，都觉得流产的女人和她的丈夫有问题，所以决定暂时先不露面，暗中调查一番。我嘱咐她，不要打人，小心为妙。

太阳下山后，风劲儿渐小。吃过晚饭，顺着银叶门前的街道散步，印象里，游艺城就在附近，我追随记忆的足迹找过去，却是一个高档的住宅小区。问看门的大爷，大爷说游艺城早就拆了。我继续向前走，越走越觉得陌生，路还是一样的路，但路边的风景早已不同，我曾经日日流连的炸肉串的小亭子一个也没有了，常去的那家电影院也变成了商厦。只有护城河没什么变化，我站在无数次路过的石板桥上，举目四望，过去从这个角度既能看见我家，也能看见白塔公园的白塔，现在两者都不见了，众多后起的高楼同时阻断了我的视线和回忆。毫无疑问，我已经成了故乡的陌生人，多年前扔进护城河的那把匕首就是我写给故乡的绝情书，因果往复，现如今，海洋却成了我与这个城市的唯一牵绊，此番回来，我究竟能为他做些什么呢？只有提问，没有答案。

回酒店的路上，三婶儿打来电话，告诉我明天中午去她家吃饭，辰辰也来，我们一起商量商量。我问辰辰是谁，三婶儿说，我干女儿，她认识你，你应该也认识她，明天见面就知道了。

三婶儿家在东郊，说是郊区，乘出租车也不过二十分钟。楼盘很新，都是高层，她住顶楼。开门的女人戴着金丝眼镜，高瘦，脸小又白，热情地招呼我进屋，明显认识我，应该就是三婶儿口中的辰辰，我却对她一点印象也没有。她看出来了，抿嘴笑，问，是不是不记得我了？我是廖星辰啊。名字听着耳熟，但还是想不起来。我说，有印象，能不能再提示一下？她假意生气说，真是贵人多忘事，连我这个同桌都想不起来了。

小豌豆？这是我当年给同桌女孩儿起的外号，因为她长得很矮小，应该不到一米五，留波波头，脑袋特圆，不穿校服时，喜欢穿绿色衣服。面前的这个女人身高和我差不多，实在很难和小豌豆画上等号。

她点点头，说还行，没全忘光。我和她开玩笑，不能全怪我，小豌豆变成了长豆芽，这谁能认出来。模糊的记忆中，她成绩很好，嘴很馋，每天都会带零食，时常分给我，还有她特别讲义气，至于为什么会留下这样的印象，却全然想不起来了。她知道我写小说，夸我是大作家，又不忘加一句，其他同学也都知道，都特骄傲。最后一句夸奖实在拙劣，足以抵消了我的惭愧感。

三婶儿烙馅饼，小豌豆一边帮忙一边和我聊天。问起她的工作，她让我猜。在大部分东北人的心目中，最好的工作永远是公务员，既然能让我猜，工作肯定不差，我随便乱说了一个，不会是警察吧？三婶儿在旁边比她还惊讶，问我，你怎么猜到的？我说是蒙的，两人都不信，迫于无奈，不得不编了几个理由：站姿挺拔，目光敏锐，形象干练，既然三婶儿找她来，肯定是专业人士。两人信以为真，连连点头，说作家就是不一样，果然善于捕捉细节。

吃饭时，聊到与小豌豆的关系，三婶儿说，你不知道，为了你三叔的案子，每个月我都会去警察局报道，这么多年了，从来没断过，后来他们干脆安排了专人接待我。小豌豆笑着指了指自己。三婶儿继续说，慢慢接触多了，我发现辰辰这孩子特别棒，就想撮合她和海洋，结果辰辰还没说啥呢，海洋却死活也不愿意见面，你说气人不？小豌豆笑而不语。三婶儿摇头叹息说，后来我也想明白了，他根本配不上辰辰，我又舍不得，这才认了干女儿。接着又说起三叔的案子，小豌豆从警方的角度，发表了一些专业看法，总结起来，和我想的差不多，二炮应该就是凶手，但人已经死了，时间这么久，又缺少关键证据，很难再定罪。三婶儿说，我这两天又想了想，能不能定罪，也无所谓了，如果定罪了，板上钉钉，可能对海洋又是个打击？三婶儿看我，我说有这个可能，现在这样，至少海洋自己心里还有回旋的余地。小豌豆说，再有就是赔偿……三婶儿摆手。

——不需要，一分钱也不需要。

小豌豆说，那就没什么了。三婶儿皱眉，说还有一件事儿，我想破脑袋也没想明白，为什么？到底因为什么事儿，这个二炮要对你三叔下狠手？这也是我最好奇的问题。小豌豆说，负责调查的警察早就分析过，应该是激情杀人，没仇没怨，也没有什么动机，就是突然受了刺激，一时冲动，干完就跑，没头没尾，线索极少，所以才一直没查出来。三婶儿追问，到底是什么刺激呢？我插话说，可能只有二炮自己知道了。小豌豆点头。三婶儿对这个答案并不满意，又问，你们说，他媳妇儿会不会知道？他媳妇儿你认识吧？

认识，她儿子和我女儿在一个班，小豌豆转头又向我介绍，就是都灵，你还记得吧？点头的同时我隐约有种预感，很有可能，我会再见到都灵。三婶儿说，其实我也认识，就是不熟，这事儿还挺难办，就算她知道，也不一定会说，是吧？直觉告诉我，如果海洋去问，效果可能会比较好。提出来，她俩也同意，但问题是，海洋肯定不愿意。三婶儿看我，说你去看他的时候，可以适当提一提。关于如何劝说海洋走出低谷，她俩也没有好主意。三婶儿劝慰我，不要有压力，她也不指望我劝几次海洋就能想通。

我和小豌豆加了微信，她说要发朋友圈，让三婶儿帮我们拍了几张合影。吃完饭又聊了一会儿，三婶儿便赶我走，说没什么事儿了，去找海洋玩吧。

小豌豆开车送我。坐在她旁边，看着她的侧脸，依稀想起她少女时的狼狈模样，零食渣沾到手心上，会偷偷伸舌头舔掉。我说，怪不得呢，我俩是同桌，我看的多是你的侧脸，正脸不熟悉，刚刚才没认出来。她不相信，为了考验我的记忆力，又提起几个她认为我应当记得的同学，结果出乎我的意料，竟然一个也想不起来。得意之余她又帮我找理由：毕竟你只在咱们班待了一年，时间太短了，而且你当时天天和刘海洋、都灵在一起，记不住其他同学也正常。听她后半句的语气，好像酸溜溜的。我逗她问，你怎么好像还吃醋了？她笑笑，瞥了我一眼说，现在告诉你也无所谓了，是有点吃醋，但不是吃你的醋，而是刘海洋的。我那时候暗恋他来着，所以才会帮着他骗你。我一时反应不及，问她，你帮他骗我啥了？

我就知道你忘了，她习惯性地推了推眼镜，那天，你刺伤刘海洋的那天，为什么会去二炮家？

——是你告诉我的？

她轻轻叹气说：是刘海洋让我那么说的。

我极力回想，然而，即使现在知道了是她，记忆里传话的人仍旧只是一个模糊的身影。很多时候，你的念念不忘，在别人那里，只是平平无奇。如此想来，不禁对小豌豆生出几分歉意。小豌豆说，我知道现在说啥也没用，但还是要跟你说声对不起。我说，真不用，海洋告诉我了，都是二炮的主意，他才是罪魁祸首，我们都是受害者。小豌豆感叹，怪不得刘海洋伤得这么深呢。

海洋家附近在拆迁，路破得一塌糊涂，街上全是土，刮一阵风，就是小型沙尘暴，能见度瞬间降到几米，再加上小豌豆不熟悉路况，绕了好半天，才进小区。小区里面比外面还糟糕，一样是高低不平的土路，路边全是沟。小豌豆一边小心翼翼地开车，一边抱怨，要不怎么说东北衰落了，不行了呢，修个管道，修了大半年了，还是这个熊样。我暗自庆幸，没有冒冒失失自己找过来，不然肯定迷路。

到了楼下，小豌豆为我指路，七号门，三〇二。

敲了半天，海洋才来开门，穿着睡衣裤，一副刚睡醒的模样，比起上次见面，明显胖了不少，看见我并不吃惊。我揶揄他，又富态了。他也不答话，伸了伸懒腰，坐到沙发上点燃一根烟。因为暖气给得足，房间里很热，味道难闻，就像是用锅在蒸煮臭袜子。我说，你穿上点儿，我开会儿窗户，放放味。他摆摆手，说没事儿，你开吧。窗户打开，冷空气冲进来，变成茫茫一片白雾。他打了个冷战说，×，还真有点冷，慌忙披上一件衣服。门口堆了很多外卖盒子，是味道的根源。我过去收拾垃圾，他也不帮忙，悠闲看手机。我问他，自己闻着不难受？他回答，我有鼻炎，闻不见。我下楼扔垃圾，故意不关门，回来门还开着，他催促我，赶紧关上，太冷了。我就当没听见，让门继续开着。他无奈，自己去关门，又关上窗户，然后问我，如果没猜错的话，你应该是我妈的说客吧？我说是，但我没啥可劝的，生活是你自己的，我没资格指手画脚，只要你开心就好。他打开电视和PS4（一款家用游戏机），扭头问我，是不是还有"但是"？我说有一个，不过也不是什么大事儿，就是吧，你以后能不能勤快点儿，每天扔一次垃圾？他从沙发垫下掏出两个游戏手柄，扔给我一个，叼着烟说，其实也不是我懒，主要是外面太冷，下楼还要穿衣服，麻烦。我嘲讽他，这还不是懒？他不答，问我想玩啥。

田仙一也有PS4，我们常玩"NBA2K"，在他那里磨炼出的技术，对付海洋绰绰有余。手柄的按键仿佛连着时光加速器，抢断，快攻，扣篮，不知不觉，光影变换，再抬眼，外面已经擦黑。小豌豆发来微信，说都灵看到了她的朋友圈，知道我回来了，要我的微信，能不能给？我回复：没问题，能给。我的心里莫名地充满了期待，至于期待的是什么，自己也说不清。又玩了一局，都灵的好友验证发过来，头像是一个胖乎乎的男孩儿，想必是她儿子。通过验证，她马上发来一条十几秒的语音，语气亲热，声音沙哑而陌生，大意是邀请我一起吃晚饭。我劝海洋同去，总在家憋着人也憋坏了，另外，关于三婶儿耿耿于怀的那个疑问，二炮为什么会对三叔下杀手？希望他能当面问问都灵。海洋摇头拒绝。

你就一点也不想知道吗？我问他。

——不想。

多说无益，我们继续玩游戏。

都灵说来接我，想到外面的路况，我也就没推辞。又玩了一局，我心不在焉，最终只以四分险胜，海洋不服，想接着玩。都灵说她到了，在楼下，车打双闪。临出门，海洋问，你啥时候回上海？眼神中似有不舍。我说，还没买票，初步定是后天，如果你想留我，我也可以多住几天。他撇撇嘴说，别自作多情，我今天晚上练练，明天你过来，我肯定完爆你，然后你就可以滚蛋了。

他推我出门，这个动作又让我想起田仙一。到了楼下，冷风吹进胸膛，我裹紧大衣，猛然间，记忆变得清晰，有那么一次，和田仙一也经历过类似的告别。当时是夏天，外面刮台风，我们本来要商讨一个故事大纲，结果却玩了半天游戏，晚上我同样约了人，约的是谁呢？忘得干干净净，应当是无关紧要的会面。风继续吹，仿佛带来了那年夏天的雨气。似有不舍的眼神从我的脑海里闪过，是海洋的，还是田仙一的？分辨不清。应当是无关紧要的会面，这句话像一只拳头，叩击我的前额，提醒我，劝说海洋，陪他走出低谷，才是我此行的目的。我犹豫了，心中生出羞耻感，我想赴约，我想见都灵，那种感觉好像中了魔，驱使我逃离陪伴海洋的责任，投奔多年前爱恋过的少女在这个城市中映出的虚像。很快，虚像有了实体，先是灯光，接着是音乐声，然后是诱人的香气，带着宜人的温度，颤抖着飘进我的鼻腔。一辆车停在我面前，敞开的车窗仿佛是异世界的入口，里面的女人朝我挥手。

——干啥呢？怎么愣住了，不认识了？上车啊。

我定定神，不再犹豫，拉门上车。

都灵的座驾是一辆丰田普拉多，但东北人更喜欢叫它霸道，因为显得霸道。

车内热烘烘的，香气熏人，加上装饰的蓝色灯带，喇叭里流淌着耳熟的老歌，一时间，让我错以为闯入了KTV的包厢。有那么十几秒，我和她都没说话，只是互相打量。她先笑了，问我，是不是变化特大？我点头，但又隐约感觉到，发生在她身上的，并不是任凭时光自由发挥的嬗变，而是某种完成，就像是一幅画，当初我看到的只是线稿，如今才是完整的作品，利落、浓重，又鲜活，即便有些艳俗，也是她自己握着画笔，牢牢控制着色彩和力道，一笔又一笔涂抹而成。这便是多年以后，再次见面，我对她的印象，她自信已经掌控了命运，正如此刻熟练操纵着这辆庞大的越野车。她又问，是不是变丑了？又老又丑？我说得了吧，你这么好看，还说丑，那让别人怎么活。她瞟我一眼，说行啊，老弟，会夸人了，以前你可从来不夸我，总是嫌我难看。我嘴上否认，心里想的却是她的门牙，我曾经无情地嘲笑过它们是大板牙。果然，她指的就是这件事儿，给我看她的牙齿，板牙已经不见了，两颗门牙，方方正正，又白又齐。她解释说，矫正过了，就因为我讽刺她，她一有钱就去做了。我在她心中有那么重要吗？虚荣心不管不顾，自鸣得意，理性却表示怀疑。我说还有这回事儿，那我给你道歉。她说，行啦，别虚头巴脑的。

仅仅几句话，我们的关系就好像进了一步。少女时代，她便有这样的本事，所以才会认了那么多哥哥弟弟，其中也包括我。她问我，天挺冷的，吃火锅行吗？我说，可以啊，我请，给你赔罪。她白我一眼说，你这是赔罪吗？你这是在骂人。

她早已选好了火锅店，店门前挂着红灯笼，给人一种春节在即的错觉。进门是大厅，有点洗浴中心的架势，中间立着两米多高的关公像，栩栩如生，莫名其妙。旁边坐满了等位的吃客，看见服务员领着我们直奔大堂，纷纷露出嫉妒的表情。大堂里是散座，烟雾缭绕，吵吵闹闹，感觉上，有一半男人已经喝醉了，而另一半也即将喝醉。有人认识都灵，远的近的，都跟她打招呼。一个贱嗖嗖的男人问我是谁，都灵满不在乎，介绍我是她弟弟，然后挽着我走进包厢。

包厢里是大圆桌，至少能坐十个人。我疑惑，问她，还有别人吗？她说，小包没有了，大的也好，敞亮，你敞开吃。点菜时，她问我喝不喝酒，我有点动心，但还是说不喝。她也不多劝，给自己要了啤酒。服务员离开，只剩下我俩，她又问，知道为什么带你来这儿吃饭吗？我反问，难道不是因为好吃吗？她环顾包厢，好似有所回味，接着才说，我俩就是在这儿认识的，想不到吧，温泉泳池，最后竟然变成了火锅店。

回忆之门，由此打开，她滔滔不绝，讲出许多我仅有模糊印象的往事。跳水冲掉裤衩事件之后，我们又在校园相遇，她如何主动和我说话。很多次，我为小事儿与她闹别扭，她如何想办法与我和好。还有冬天里，她因为戴了其他男生的帽子，被我从背后推进雪堆里，不承想里面有碎冰，手上划了一道口子，鲜血直流，染红了雪堆。她站起来，透过火锅的雾气，向我展示手掌根部的伤疤。我完全不记得有这回事儿，问她，我小时候这么浑蛋吗？

让我想想，应该怎么说。她看着我，沉默了一会儿，接着哼唱起来：得不到的永远在骚动，被偏爱的都有恃无恐……我心中愧疚，以茶代酒，再次向她道歉。她说，老弟，你不喝酒，用茶水道歉，我也不说啥了，可你怎么也得叫我一声姐吧？我重新倒茶，喊她姐。她笑靥如花，又说，你知道吗？其实我俩一起喝过酒。我努力在记忆中搜索，没有任何与她喝酒的画面。她看出来了，提示我：酒心巧克力。率先苏醒的是味觉，舌尖微甜，中段有点苦，舌根火辣。画面随之闪烁，多年前的夏天，正午，阳光刺眼，邮递员，巧克力是四叔从厦门寄来的，因为天热，酒心基本都干了，我爸才同意让我吃。那时候进口酒心巧克力也算是稀罕物，分给她既是讨好，也是一种炫耀。

我夸赞她记忆力了得，她面露得意，说那句话怎么说的来着，好记性不如烂笔头，你肯定忘了，我记日记的。她拿起手机，划了几下，递给我，上面是一张照片，拍的是日记本，纸张已经泛黄，字迹娟秀清晰。

——有时候心情不好，就拿出来看看，就跟看小说似的。

日记里写道——


今天是暑假的第十九天，他约我出来，神神秘秘，也不说为什么，到了才知道是给我吃巧克力，进口的，有酒心。也没什么地方可去，我就说，我们一边走，一边吃吧，心里想，这样的话，留下的就是甜蜜的足迹。

我们拿着巧克力乱走一气，路过书店，路过广场。他好像有点不好意思，走得很快，我说你慢点，他又故意走得很慢。

巧克力的酒心好多都干了，突然吃到一个有酒的，我咬了一半，赶紧把另一半塞到他嘴里，他没有准备，呛到嗓子眼，咳嗽了好半天。我虽然心疼，但还是骂他笨。后来又吃到三个有酒的，也不知道里面是什么酒，就那么点，劲还挺大，我有点晕乎乎的，感觉脸好像在发烧。他傻乎乎地问我，你脸怎么红了？我就吓唬他说，我生病了。

怎么样？写得好吧？刚喝了酒，她的脸颊又泛起红晕，脖子也跟着变成了粉红色，眼睛亮晶晶的，隔着缭绕的雾气，我仿佛又看到了日记中的活泼少女，心中温热，毕竟当初的真心没有错付。我说，好是好，就是有一个问题，我当时有那么傻吗？她笑答，就是那么傻。

拿回手机，她又顺着日记内容继续讲，说她自己乌鸦嘴，第二天果真感冒了，我骑车去她家看她，走的时候发现自行车居然被偷了，多亏她哥哥，又帮着找了回来。我影影乎乎记得这件事儿，对她哥有印象，好像长得挺帅，是那一片有名的小混混。提起她哥，她则一肚子怨气，说帅有个屁用，离了三次婚，一事无成，现在胖得像猪，给他弄了辆出租车，也不好好开，天天打麻将。然后又说回我和她：我们曾经去青年湖公园划船，我把相机掉进了湖里；我们去看电影，她妈妈在那里卖甘蔗，遇见混混打架，抽了她妈妈的甘蔗做武器，我们冒着被误伤的风险跟着混混满街跑，就为了要回甘蔗的钱。中考的时候，由于家里穷，为了早点毕业赚钱，她放弃了高中，考了中专，结果毕业后找不到工作，只能去站床子，卖服装。

嗓子就是那个时候喊哑的。她抿一口啤酒，润润喉咙，继续讲，后来，赚了钱，自己单干，租了柜台卖皮鞋，又赚了些钱，开始搞品牌代理。一个我没听过的牌子，她是全市的总代理，大概有十年了，现在有七个专柜。差不多过了半辈子了，也就赚了点钱，她叹气，马上又做补充，还有一个儿子。给我看她儿子的照片，眼睛和她很像，哪里像二炮呢？找不出，毕竟我已经不记得二炮的模样。但总归有像的地方，这么一想，心里顿时有些不是滋味。随之而来的则是另外一个问题，二炮杀了三叔，是杀人犯，她儿子就是杀人犯的儿子，这一点，无论如何，她都不会承认吧。如此一来，不管知道什么，她都不会告诉我。聊了这么久，对于自己的老公，她只字未提，应该也是这个原因。想到这里，我不禁为她感到难过，进而又生出怨气。

你为什么会嫁给二炮呢？话出口，我便有些后悔，这么多年过去了，第一次见面，哪里有资格质疑人家的生活。

她一脸茫然，好像二炮于她是完全的陌生人，手中的筷子停顿了几秒，接着在火锅里翻找，仿佛那里藏着她对二炮的记忆，最后夹起一块土豆，小心翼翼挪到碗里，蘸着酱料慢慢吃掉。我为自己找补说，算了，只是随便问问。她放下筷子，茫然变为淡定，问我，他的事儿你都知道了？

——算是吧，海洋知道的，我基本都知道。

——还有问题想问？

——看你，你要是不介意，我就问问，你要是介意，就不问。

她说，那你问吧，我可以不回答。

我不想太尖锐，问她，你是什么时候知道的呢？

——在他死之前，大概三四天吧。他主动说的，我根本不想听。

算是死前的忏悔？我记得欢子提过这种说法。

都灵笑了，苦笑。

——我的傻弟弟，你让我怎么说呢……知道他为什么要亲口告诉刘海洋吗？

——为什么？

因为爽，她看着我，眼睛瞬间湿润，这是他的原话。

火锅咕噜咕噜冒着热气，我却感到一丝寒意。因为爽？也就是说，于二炮而言，海洋从来不是朋友，更不是兄弟，而是玩物，他对海洋的好，并不是补偿，而是诱饵，所谓的友谊只不过是甜蜜的陷阱，临死之际，他才揭开面具，露出魔鬼的真容，朝海洋的心窝猛开一枪，他死了，也不能让海洋好过。为什么这么做？因为他觉得爽。好人从善举中获得快乐，坏人的快乐却来自作恶。不，他不是坏人，他不配做人，他只是坏，纯粹的坏。现在我可以断定，他杀了三叔，心里不曾有过一丝愧疚，他活得心安理得，如鱼得水，所以才没有露出任何马脚。他不仅逃过了惩罚，还获得了世俗的成功，积累了财富，娶了漂亮老婆，生了健康的儿子。到头来，他竟然过得比我和海洋还要幸福，这让我既愤恨又羞愧。即便此刻他身在地狱，看见被他摧毁了生活信心颓废不堪的海洋，依旧会笑出声吧。寒意散去，悲从中来，我替都灵委屈，替海洋不值，也因为自己无法将海洋拉出自暴自弃的深渊而气恼。

都灵拭去眼角的泪珠，给自己倒酒。我低头吃菜，缓和情绪。沉默中，我们达成了默契，关于她的婚姻，毫无疑问，是个巨大的错误，没有任何谈论的意义。

服务员进来添水，询问是否加菜。都灵看我，我说不用了。服务员退出。都灵轻轻叹气，重拾话题，说已经聊到这儿，有个事儿我想请你帮忙，就是吧，我一直在想，不管怎么样，人命关天，该赔偿还是要赔偿。我问，你是想让我做中间人？她点头，接着说，拖到现在，是因为没有信任的人，但我相信你，正好你也了解情况，条件他们随便提，能做到的我一定做，做不到的可以再商量。我转述三婶儿和小豌豆的聊天内容。她问，那刘海洋呢？我说，以我对他的了解，应该也不会要。

——不过，三婶儿有个问题，你或许可以帮着解答。

——他为什么要杀你三叔？

我点头。

她倒了一杯啤酒，推到我面前。

——喝了，我现在就告诉你。

我不解，问她，这跟喝酒有什么关系？她摇头，说没关系，就是单纯想和你喝酒。

她的脸色比刚才更加红润，单手托腮，似笑非笑，定定地看着我。那杯啤酒近在眼前，麦芽香仿佛一团团柳絮，从鼻腔钻进肺腑，引得我心头发痒，但我还是咬咬牙，拒绝了，没有为什么，就是一种感觉，毫无来由的信心，根本无须喝酒，她也会告诉我。

——就一杯，也不行吗？

——我在戒酒。

——为啥要戒酒？

她的手机响，打断了我们的交谈。是个闹铃，她解释说，九点必须回家哄儿子睡觉，不然他能闹半宿，到时候谁也别想睡。我又想到那也是二炮的儿子，挫败感油然而生，但我还是说，那赶紧吧，反正也吃得差不多了。她想叫代驾，先送我，再回家。我说别了，我来开车，送你到家，我再打车。

得知我住银叶大酒店，她蹙起眉头，打量我，问我为什么会住那。我想起昨天出租车司机的反应，问她到底怎么回事。

——银叶，就是荒淫之夜啊。

原来在我离开之后，银叶大酒店也顺应时代的潮流，搞起了高档会所，老板有渠道，找了十来个俄罗斯小姐，生意做得风生水起，闻名省内外，正经风光过好几年。后来经历了老板暴毙，几个情妇和原配争家产，以及警方的严打，一路走下坡路，才变成了今天的破败模样。

其实也无所谓，她笑着给我找台阶，现在是正经宾馆了，你住那也挺好，离我家近，走过去也就十分钟。

路上，我又提起刚才的问题，她板起面孔，说晚了，现在她只会告诉刘海洋或者三婶儿。到了她家楼下，眼看着九点了，她匆匆与我告别，小跑着上楼而去。看着她的背影，怅然若失之感倏忽而至。我不禁想，无论是对于她，还是这座城市，我都是一个过客，从纷繁的记忆中走来，很快又会成为浩渺尘埃中微不足道的记忆。

# 第八章：答案在风中飘荡

直到躺在酒店房间的床上，从视频中看见欢子的笑脸，空落落的感觉才被驱散。欢子也刚刚到家，迫不及待地向我汇报情况，流产女人的问题已经解决了。

说起来，事情相当"狗血"。欢子跟踪了女人一天，意外发现女人另有情人。欢子拍了照片，拿着照片找女人"了解情况"，本来多多少少有威胁的意味，结果却变成女人向欢子大吐苦水。女人承认，流产是意外，和工作室没关系，她也没想过要讹钱，讹钱是她丈夫的主意。然后，你知道最绝的是什么吗？她丈夫其实不能生育，而且他自己也知道。但他却一直瞒着女人，让女人以为是自己的问题。为了怀孕，女人没少了往医院跑，做各种检查，不仅折腾身体，心理也备受煎熬，却始终没查出症结所在。结果去年过年，她跟丈夫回山东老家，偶然听到丈夫弟弟和弟媳聊天，才知道是丈夫不育。

欢子说，我问她，之前就没往这方面想过？她说想过，也问过她丈夫，但她丈夫说自己都检查过，完全没问题。

虽然得知了真相，女人却没有捅破，毕竟有感情，另外她也想看看丈夫能瞒到什么时候。我插话说，都这样了，还过个什么劲儿啊，赶紧离了得了。欢子说，我倒是能理解，人啊有时候就是喜欢较劲儿。但总归心里生了芥蒂，几个月后女人便出轨了。怀孕纯属意外，本来女人想偷偷打掉，没想到健身时出了状况，更让她没想到的是，她丈夫居然还在装，并且认为这是一个讹钱的好机会。我说，那她丈夫应该还是不知道自己有问题，也许是她丈夫的家人一直瞒着他。欢子说，我也这么问了，但她说自己早就排除了这种可能。她丈夫就是那种面子大过天的人，为了保住面子什么事儿都干得出来。所以呢，现在女人也有点害怕了，只能一边陪着丈夫演戏，一边想办法。约情人见面也是为了这事儿，最后商定，还是要保住丈夫的面子，不能激怒他，等事情过去了，再提离婚。本来就算我不找她，她也要找我的。我问，这和我们有什么关系呢？欢子说，她想让我陪着一起演，答应赔钱，但钱都由她出。提到钱，我马上警惕起来，提醒她小心，故事这么离奇，别是骗局。欢子笑了，说咱俩想一块了，保险起见，我让她先给我打钱了，现在已经到账了，约好了明天和她丈夫签和解书。

听她讲完，我也说了说自己这边的情况。对于二炮的恶行，欢子气得连骂了好几句脏话，仍旧气不过，又说，我算看明白了，什么善有善报恶有恶报，都是假的，谁信谁傻帽。接着，她又问起都灵，开什么车？穿什么衣服？化没化妆？吃什么？喝酒了吗？方方面面，事无巨细，我一一作答。她一边点头，一边眯着眼睛看我，又问，老情人见面，就没擦出点什么火花？我纠正她，不是老情人，只是朋友。

挂断视频，我准备去洗澡，欢子又发来邀请，说刚才给忘了，那个浑蛋教练的地址，妹子还真给问到了。

——有空的时候，过去看看，主要是问问他，我哥去找他，都做了什么，说了什么。

随后，欢子发来地址和电话。

洗完澡，发现手机还在响，以为又是欢子，没细看便接起来，却是都灵，说她就在楼下，问我房间号。我有两本你的书，来找你要签名。她补充说。

我飞速穿上衣服，给她开门。她穿一件长到脚踝的白色羽绒服，戴帽子，全身上下裹得严严实实，进了房间，拉开羽绒服的拉锁，变魔术一样，分别从内兜里掏出两本书，放到桌子上。书已经很旧了，明显被翻阅过多次。扉页上写着购买时间，是在三年前。我问她，除了签名，还写什么？她想了想说，一本写：送给我最亲爱的姐姐。一本写：你一定要幸福。房间太小，只有一把椅子，我坐着签名时，她脱了羽绒服坐到床上。写完再看她，才注意到她里面穿的是毛茸茸的连体睡衣。扎着马尾，抱着腿，靠在床头，昏暗的灯光下，她不再是之前开霸道吃火锅的女老板，更像是一只受了伤的小动物。看我写完了，她说也不让你白签，你之前的那个问题，我现在就可以回答你。

——也是他临死前告诉我的，我自己的感觉，应该是真的。

她讲得很慢，常常停顿，好像是随时想起，又随时忘掉，不愿让事情的经过完整地出现在脑海里。追本溯源，要先说一说二炮的家庭，事发那一年，他爸已经死了，是病死的，剩下他和他妈，算是相依为命。他妈原来是纺织厂的工人，下岗后在酒店找了份工作，告诉二炮是大堂经理，实际是做"小姐"。

——他妈其实不坏，也是没办法，那时候好像挺多下岗女工都去做了。

我说，这个我也知道，记得我们家前楼就有一个，她老公也下岗了，每天就送她去酒店上下班。都灵点头，继续说，后来有一天，他妈和一个客人吃饭正巧被他看见了，而这个客人还是他爸以前的朋友，他误以为两人是在谈恋爱，可即使这样，他也不能认同，在他的观念里，就算他爸死了，他妈也要保持忠贞。然后，他就找了一个晚上，在一家饭店门口堵住了他妈的那个客人，警告对方离他妈远点。人家看他是小孩，根本没把他放在眼里，三下两下，两人撕巴起来，三叔正巧也在那家饭店吃饭，三叔认识二炮，知道他和海洋是朋友，也认识那个人，就过来拉架，又将二炮拉上自己的车，带他离开。这确实是三叔的作风，热心肠，好管闲事儿。我忍不住问，三叔是好心啊，是在帮他，他为什么还要对三叔下手呢？

——他觉得你三叔嘲笑他侮辱他了。

——为什么？

——在车上，你三叔告诉他，他妈妈其实是"小姐"。

——就因为这？

都灵点头。

——然后呢？下车之后，他就动手了？

都灵摇头。

——他等了三个晚上，才等到机会。

也就是说，根本不是激情杀人，而是蓄意谋杀，就因为一个微不足道的理由。

这个过程和所谓动机能告诉海洋吗？因为二炮是他朋友，三叔才会出手相助，却因为一句实话，而惹来杀身之祸。如果海洋知道了，会怎么想？只会更加自责吧。无异于在他滑向深渊的路上又推了一把。三婶儿呢？知道了只会更愤怒，更伤心。还是不说为好，二炮这个人，连被恨的价值也没有。

我告诉都灵自己的想法，哪说哪了，这件事儿就忘了吧，谁也没必要知道。都灵说，都听你的，如果不是你回来，这事儿我也就烂在肚子里了。她解开马尾辫，说头发勒得难受，问我有没有梳子？我去卫生间，取了一次性的梳子给她。她坐到床边，弯腰梳头，露出白皙的脖颈，我才注意到她的耳后贴着发际线有一处文身，是一把匕首。我好奇，也是想聊点轻松的话题，问她怎么在那文身。她向我挪了挪，捂住碎头发，让我仔细看。这次我看清了，匕首的主体部分是一条伤疤，文身是为了盖住它。

——怎么弄的？

——干仗。

——和谁啊？

她没有回答，我也知道了答案，心里微微疼了一下。为了化解尴尬，我又问，为什么文匕首呢？弄个花纹什么的，不是更好看吗？她坐起来，把头发全部梳向右侧，转头看向我说：这是你的那把匕首，它会永远保护我。她的目光与之前略有不同，笃定之余带着倔强，仿佛燃烧正旺的炭火，扫过之处，空气里的水分随之蒸发，雾气四溢弥漫，衬托得她的眼眸更加明亮，如满月一般，勾魂摄魄。我感觉被烫了一下，慌忙避开她的注视。她继续说，你应该也知道了，那天我是被刘海洋他们骗去的，他说想给你个惊喜，我也没多问，就去了。我看着她的头顶，假装在看她，说都过去了。她把头发挽成发髻，又放开，说我知道，但在我这儿却一直没过去。那之后，我给你家打过几次电话，都是你妈妈接的，我没敢说话就挂了。还有好几次，我想去找你，到了你家楼下我就怕了，不敢上去敲门。就刚才，走过来的路上，我也特别害怕，怕你不给我开门。也不知道为什么，始终有种感觉，说出来，还挺可笑的，就是觉得吧，我俩不是一个世界的人。我们再次对视，她的目光更加炽烈，我的心跳莫名加速，但这一次我坚持没有躲闪，开玩笑说，你这话说得，我们都还活着，当然是一个世界的人。她站起来，笑着问我，你确定吗？我点头。她咬了咬嘴唇，脸上泛起红晕，几下弄乱头发，挡住面孔，迈步走向卫生间，在门口停了一下，说，我先洗个澡。我不知该做何反应，时机稍纵即逝，卫生间的门已被轻轻关上。

我明白洗澡意味着什么，再明白不过，这让我有些手足无措。我尝试思考，脑袋里却是一片混沌，像个火炉。房间里很热，我打开窗户，冷风迎面吹来，面皮阵阵刺痛，我才意识到，热的不是空气，而是我自己。欲望的火焰在我体内熊熊燃烧，我真切地感受到自己正渴望着她的身体，渴望着占有她，征服她，甚至是伤害她，也许我最初的期待就是将她弄上床，在她身上完成对二炮的复仇——二炮已经死了，得到她的人终究是我。这个想法把我自己也吓了一跳，我的理性和良知还醒着，为此而感到羞耻。我用力拍打自己的脸颊，强迫自己冷静，不可否认，我对她有感情，很复杂的感情，但那绝对不是爱情，我爱的是欢子，这一点毋庸置疑。我闭上眼睛，在心里默念对欢子的承诺：不骗你，也不骗自己……欲望之火缓缓熄灭，欢子的脸庞在脑海里渐渐清晰，慢慢绽放笑容。

我关上窗户，坐回椅子。卫生间里，伴着水流声，她在哼唱王菲的歌：想你时你在天边，想你时你在眼前…………婉转呢喃，撩人心弦，我听见心里咔嗒一声，炉火再次打开，与刚才不同，这一次是蓝色的小火苗，摇曳跳跃，烘烤着胸腔，血液吱吱作响，气泡升腾，最终在脑海里爆开，柔情四溅，腐蚀着刚刚做出的决定。一个声音告诉我说，不行，你不能拒绝她，拒绝就是伤害，你不能伤害一个对你掏心掏肺的女人，刚刚的决定还是太武断。另一个声音反问，那欢子呢？你忍心伤害欢子吗？前一个声音又说，你不懂，这根本不是出轨，因为这不是普通的性爱，本质上是一种深层的安慰，是对错过的补偿，对受损心灵的修复，是重逢的纪念，也是对未来的祝福。另个一声音冷笑说，放屁，全是放屁，你这么告诉欢子，你觉得她能理解吗？前一个声音说，那就不告诉，但这绝对不是欺骗，而是保护，只要欢子不知道，她就不会伤心。另一个声音破口大骂，渣男，你就是渣男，所有的渣男都是这么想的。前一个声音辩解说，我不是渣男，是两难，两个人我都不想伤害，你说该怎么办？两个声音都沉默了。

卫生间里也安静下来，水流声和歌声都消失了。紧接着响起吹风机的呜呜声。她已经洗好了。浴室和卧室之间的墙上嵌着大块玻璃，挡帘只放了一半，我坐在椅子上，可以看到她肩膀以下的酮体。我强迫自己移开目光，但那婀娜的轮廓早已印在了我的眼底，与年少冲动时幻想过无数次的身姿融为一体。呜呜呜，吹风机的热气好像吹进了我心里，欲望之火再次燃烧起来，摧枯拉朽，瞬间把理性烧成灰烬，我彻底放弃了抵抗，兴奋和快乐从脚底飞升，带着灵魂被烧焦的味道，直冲喉咙，我猛咽了几口口水，依旧掩盖不住那股久违的气息，仿佛生命经过了发酵，先苦后甜，从春到秋，为麦子的一生立传，勇敢而悲壮。没错，是威士忌！田仙一说，威士忌是世上所有苦难的解药。我从来没有像现在这样急需一杯酒。我冲到门旁的柜子前，没有威士忌，白酒也行。我打开其中一瓶，连喝三口，那种感觉就像是死而复生，身体里的每个细胞都在贪婪呼吸，疯狂呐喊：戒酒就是为了更好地喝酒。喝酒总是让我想起田仙一，我想起我们曾经写过一出舞台剧，讲一个人工智能导演《哈姆雷特》的故事。其中有一场戏是他的构思。哈姆雷特说，生存还是毁灭，这是个问题。一个醉酒的配角经过，打岔说，问题？什么问题？我跟你说，世界上没有一顿酒解决不了的问题，如果一顿不好使，那就两顿。当时我不喜欢，现在再想，堪称绝句。我把剩下的白酒全部倒进嘴里，内心的火焰一浪高过一浪，如飓风，如海啸。我感觉天旋地转，腿脚发软，便拿起另外一瓶，扶着柜子坐到地上，地毯软乎乎的，像海浪一样有节奏地摇晃。我记得那个舞台剧的结尾，人工智能一边弹吉他，一边唱鲍勃·迪伦的"Blowin' in the Wind"（《风中飘散》）。这一段是我写的，田仙一不喜欢，他不喜欢这首歌，因为它是《阿甘正传》的插曲，他恨阿甘抢了《肖申克的救赎》的奥斯卡。我爱死这首歌了，因为我会弹。我喝着酒，哼着歌，体验到从未有过的平和，身体也随之变轻，慢慢膨胀。我感觉自己飘了起来，像云一样悬浮在空中，如同中了田仙一小说里提到的"移魂术"。我还想继续喝，却发现触感正在消失，手已经拿不住酒瓶子了，身体也已然膨胀到很大很大，大到无法再飘浮，转而开始下沉，我扶着柜子慢慢倒下，一点，一点，身体仿佛沉到了海面以下。我看见都灵蹚着水走过来，我看见她雪白的小腿和仓皇失措的脸庞，她的嘴唇在动，好像在问我为什么。我能想到的只有歌词，我听见自己胡说乱唱：答案在风中飘荡，只有欲望能战胜欲望。她跪到我身边，一脸困惑。我还想说话，却无法发声，下沉的速度越来越快，光线越来越暗，终于，我落至海底，眼见着最后一点火星儿随风而去。

又一次，我在医院里醒来，已经是上午九点多钟，模模糊糊记得中途醒过两次，一次是在救护车上，一次是在急诊室洗胃，剩下的时间都在做梦，奇奇怪怪的梦，翻来覆去，犹如孤身漂在海上，醒来即是上岸，什么也记不得，只剩下湿漉漉的感觉。好在头不疼，虽然四肢无力，精神头儿却很足。都灵坐在旁边，看着我，目光平静，甚至可以说是慈祥。她换了一件米色大衣，我猜她回过家了。

饿了吧？她笑着问我。这句话仿佛触碰到了我身体里的某个开关，饿的感觉如洪水猛兽，汹涌而来，我才意识到自己没劲儿是因为肚子空空。不等我回答，她已经打开了自带的保温盒，用盒盖倒了大米粥，递给我，并转述医嘱，因为洗过胃，接下来这一天最好都吃粥。我闷头连吃三盒盖，冒了一头汗，好像是挤出了身体里多余的水分，肌肉又变得紧实，腿和手臂恢复了力气。

她陪我办理出院，开车送我回酒店。又是一个大风天，车窗外，万物萧瑟，却一点不影响我的好心情。以往宿醉之后，难免会泄气难过，这一次却恰恰相反，昨晚的经历就像是一场洗礼，我从欲望的灰烬中重生，感觉既充实又欣喜。她看上去也轻松自如，一边开车，一边讲昨晚如何送我去医院，如何给我洗胃。特搞笑，洗胃的时候，你突然就醒了，非要给医生和护士唱歌，结果还跑调，差点没把我们笑死。我一点没有印象，问唱了啥歌？她忍住笑，唱起来：大河向东流啊，天上的星星参北斗啊，嘿嘿参北斗哇，生死之交一碗酒哇……她笑得唱不下去。我知道自己喝醉了喜欢唱歌，唱《好汉歌》还是第一次，至于原因，我猜测可能就是为了搞笑，据田仙一反映，喝酒的我比平时有幽默感。我问，除了唱歌，还出啥洋相了？她摇头说，那倒是没有了，不过，有件事儿本来不想告诉你，现在想想，还是和你说一下比较好。

昨天晚上，你晕过去之后，我打了你几巴掌，不是想叫醒你，就是想打你，她看看我，微微眯眼，以表歉意，对不起啊。

我能理解她的心情，就像我相信她也能理解我的用心。我说，你打得对，我确实该打。她点点头说，你的酒啊，要继续戒。我说是，肯定会继续戒。她长出一口气，又说，我知道这些话有些矫情，但我觉得还是有必要说出来，反正也就说这一遍。她看小孩儿一样看我，从她依旧慈祥的目光中，我大体猜到了她想说什么。我说，你不用说，我都知道。她挑挑眉毛问，真知道？我说，真知道。

你知道最好，那我就不说了。她目视前方，不再看我。

我们在酒店楼下分手，她想把车留给我，我说别了，人生地不熟，还是打车方便。

回到房间，先洗了澡，又换了衣服，随后给欢子的那个浑蛋教练打电话，我已经盘算好了，用一天时间处理剩下的事情，明天便回上海，以前没感觉，现在由于想念欢子，连带着也开始想念那座光怪陆离的魔幻大都市。铃声只响了一下，对方便接通了，我说明自己的身份，他稍显诧异，又掺杂了少许热情，提议说，要不一起吃午饭？我拒绝了，最终约在他家里见面。

地方不难找，他住二楼，房间布置简单，没什么烟火气，一看便知是单身汉的住处。他说不用换鞋，我也不客气，直接走进去。他长了张饼脸，年轻时可能比较喜庆，现在法令纹很重，腮帮子整体往下垂，让我想到达利画的钟表。我不想停留太久，开门见山，抛出欢子交代的问题。他说话却没有重点，刚讲两句，自己就岔到了别处。比如我问，田仙一是不是来找过你？他说，对，是来找过我，我从哈尔滨搬过来，因为我二姐家在这儿，那时候我可惨了，工作也没了，婚也离了……开始我以为他是故意的，想回避问题，打断他几次，他还是这样，耐心听了一会儿，发现他自己能绕回到问题，才确定这就是他说话的方式。也因为如此，我对他有了一些额外的了解。他是家里最小的，上面有三个姐姐，姐姐对他都很好，都让着他，导致他性格有点霸道。从小体育好，也爱好，后来进了体校，练的是拳击，在省里得过奖，但因为太苦了，家里舍不得，没去专业队。本来教拳击，招生不好，半道改了跆拳道，边学边教，那时候教练少，招生和成绩都不错。喜欢喝酒，但酒量不好，年轻好面子，不愿承认，爱逞能，出事儿也是因为喝了酒。

——你现在让我自己说，我也不知道当时是怎么想的，就跟被鬼上身了一样，真的，骗你我是你孙子。

我说行了，别说这些了，还是说田仙一吧。他不接茬，按照自己的思路继续说。因为喝多了，他在欢子那根本没占到便宜。我不是想给自己辩护啊，错就是错了，不管你信不信，我骨子里真是个好人，真的都是喝酒害的，从那以后，我一滴酒也没喝过，骗你我是你孙子。我说我知道了，你不用总起誓发愿的，我也不想要你这么大的孙子。他就像是没听见我说话，撸起胳膊给我看他的手腕，上面有好几道细细的伤疤，他指着伤疤说，这是我想自杀，割的，真的，那段时间特别难受，特别自责，几次不想活了，都是被我爸妈救下来了，他们看不行，怕我真死，就把我送我二姐这儿来了，想改变一下环境，也许就好了。其实根本没用，但我这个人吧，比较好强，不想让人可怜我，同情我，我在这儿自己也找了份工作，还是教跆拳道，看着像好了，但有事儿没事儿，还是想死，不过我装得挺好，她哥来找我的时候，我已经从我二姐家搬出来自己住了。那时候，我上班的地方在站前的游艺城，然后我租房住在东边，粮食局那边，我骑车上下班要半个多小时，你知道为什么吗？我对他的问题毫无兴趣，但游艺城三个字却让我的心突突震颤，在我的记忆里，游艺城的二层是有一家武术馆，我和海洋还去里面戴着拳击手套，打过沙袋。以防弄错，我问他，游艺城是不是四层，只有三楼是游艺城，四楼是室内旱冰场？他说，三楼是网吧，不过听说以前是游艺城。是同一个地方，也就是说，在我们相识的许多年前，我和田仙一就曾经在相同的地方驻足过，这种奇妙的交错，让我暗自感叹命运的无常。我说，我知道了，你继续说。他挠挠头问我，说到哪了？

——你住得很远，上下班骑车要半个多小时，为什么？

他咽了咽吐沫说，我说了，你可能不信，因为我想死在路上，我每天骑车骑得特快，辽鞍公路你知道吧，车特多，我要在上面骑很长一段路，每天都在想，要是我被车撞死了该多好，还能得到一笔钱，留给父母。他停下来，直勾勾地看着我，我等了一会儿才明白，他是想让我表态。我说，我相信，你接着说。他舔舔嘴唇，继续说，然后田仙一就来了。早在哈尔滨，他就放话要做了我，我也听说了，说真的，我特别能理解他，虽然我没有妹妹，但我有姐姐，如果有人敢动我姐，我也要给我姐讨个公道，所以，我特能理解他。我忍不住又重复了一遍问题：他找到你之后，都跟你说什么了？他摆摆手说，你别急，听我慢慢说，他来找我，我一点都不意外，他当时也特别带样儿，进来就把刀亮出来了，说是来为妹妹报仇，让我自己选，可以解释，也可以反抗，如果想反抗，还可以选武器，和他单挑。我就跟他说，我不反抗，你来了太好了，我一直在等你，我早就想死了，能死你手里，也算死得其所，但我必须解释，我就把刚才和你说的话，跟他说了一遍。

——然后，我就把衣服脱了，亮出胸口给他。

他坐在我对面，模仿当时的动作，脱了外衣，指着自己的胸口给我看，我明白，又是要我的反馈，我问，那然后呢？他敞着怀，接着说：然后田仙一就陷入了沉思，想了好半天说，他还是不相信。我说没事儿，虽然我说的是实话，你不信，我也不怪你，不管怎么说，我都是做错了，我看开了，死也是个解脱，但我就求你一件事儿，瞄准点，给我来个痛快的，别折磨我。说这些话时，他一直看向我的旁边，好像田仙一就坐在那儿，他又指了指自己的心口，示意田仙一扎那里。

然后，他就拿着刀，走过来，低着头看我，我也看他，我们就这么看了一会儿，他说，你把眼睛闭上，你看着我，我下不去手。我说行，就闭上了眼睛，又过了一会儿，我感觉刀尖抵住了我的胸口。他问我，位置对不对，我说对，然后刀尖就那么抵了一会儿，又撤走了。我以为他是要拉开了使劲儿扎，教练做了挥臂的动作，可我等了半天，刀也没扎下来，他也不说话，我纳闷，睁开眼睛，看见他已经坐回去了。我问他怎么了？他说，刚才只是试验我，现在他相信我说的是真话了。我当时特感动，差点就哭了，那种感觉，真的，我现在还记得清清楚楚，就是，活这么多年终于遇上知己了。就现在，我一想到这些事儿，都会起鸡皮疙瘩。教练贸贸然拉过我的手，摸他的胳膊，果然能感觉到鸡皮疙瘩。而且你知道吗？他不仅是我的知音，还是我的救命恩人，你知道为什么吗？

我直言不知道。教练起身走进卧室，等了一会儿，又走出来，手里多了一个铁盒子，当着我的面打开，从里面拿出一个红布包，又打开红布包，拿出里面的水果刀，递到我面前。这就是他的那把刀，你看见刀尖上的红点没？那是我的血。当时还是扎破了一点。

水果刀大概二十多厘米，不锈钢的刀身过了这么多年依旧没有任何锈迹，立起来便可以当镜子。

我问教练，为什么田仙一会把刀留下？他一边包刀，一边说，因为这把刀是我和他之间的信物。当时他问我，为什么不想活了，我就跟他说了说。他就说，那不行，你不能死，本来我今天能杀你，但我没杀，也就相当于你欠了我一条命，我说你不能死，你就不能死。另外，我不杀你，不代表我就原谅你了，就像你说的，你终归是做错了，做错了就要认罚，死多容易啊，活着才难，好好活着则更难，既然是惩罚，当然是做难事儿才对，所以，你必须活着，活着，做好事儿，才是赎罪。今天我就把刀留在你这儿，你要再想死，或者想做坏事儿，或者想喝酒，就拿出来看看这把刀，想想我今天对你说的这些话。后来，再想死的时候，我就照他说的，看看这把刀，想想他的话，没承想果然有效果，慢慢地也就好了。

教练一口气说完，甚至多多少少模仿了田仙一的语气，让我强烈地感觉到，这个场景、这些话，深刻地影响了他。如果田仙一知道——或许他早就知道，只是我才知道而已——他一定特别高兴。曾经有一次，很少见地，我和他聊到了小说，他说他之所以会写小说，就是为了影响别人，哪怕只能影响一个人，引起一个人的共鸣，能够在一个人的信念里或者生活里掀起哪怕那么"一妞妞"涟漪，他也就知足了。现在，此刻，听这个陌生人讲了这么多，围绕着田仙一和他的小说，围绕着多年前一个杀人的想法，以及三叔的死和海洋的现状，我的脑海里生长出一个模模糊糊的念头，就像是一粒种子，我不知道将它放进现实的泥土中会长成什么样子，结出什么果实，但我迫切地想试一试。

教练已经包好了水果刀，正准备放回盒子里。我拦住他说，这把刀我要带走。他下意识地躲开，说，不行，我和田仙一约好了，什么时候他原谅我了，就会回来取。我说，他不会来了。

——为什么？

——因为他死了。

教练一脸茫然，愣愣地看我，我从他手里拿过盒子，这一次他没有阻拦。

# 第九章：真作假时假亦真

我拿着装刀的铁盒子，迎着冷风，在街上走了很久，感觉异常亢奋，到了坐立不安的程度，为了排解这股能量，我只好不停地迈动双腿。

以往为数不多的几次，我也有过类似的体验，都是因为想到了自以为绝妙的小说情节。这次则有所不同。曾经我参加过一个文学研讨会，一位前辈问我关于小说如何结尾有什么看法。我回答说，结尾就像是一扇门，一旦我想好了，不管小说的人物中途走哪条路，怎么走，最终都要穿过这扇门。前辈宽容地笑笑说，那你和我不一样，我会和我的人物对话，他们自己会做选择，选择走哪扇门。我当然知道前辈是对的，我也想与我的人物对话，但可能是天赋不足，功力有限，笔下的人物很少开口，我也没有办法。然而，这一次，想法刚刚在我的意识里成形，人物便开始不停说话，田仙一跳着脚催促我：就这么办，我支持你，快去快去，我觉得肯定能行，这比写小说有意思多了。

——可是，这么做对你不公平。

——你觉得我在乎吗？我已经死了，公平不公平还有意义吗？活着的人才重要，你到底懂不懂啊？

——还有欢子呢，还有你妈妈呢，他们能同意吗？

——我妈那你不用管，她也不会知道，欢子肯定同意，不信你给她打电话。

——等我想好了再打，现在主要的问题其实是结局，写小说的时候，我都是事先确定了结局再动笔，心里才稳妥，但这回不一样，结局并不受我控制，我心里没底。

——控制不了就不要控制，求你了，别纠结了，放手去做吧，你不做，就永远不会有结局，再说了，重要的不是结局，是过程。

——行啦行啦，你先安静一会儿，容我再想想。

我正在想的事情，唤醒了我记忆中的一个故事，是我奶奶讲的，和城外的太子河有关，或许是为了拖延做决定的时间，忽然间，我心中萌发出一股冲动，去河边看看，于是拦下一辆出租车，告诉司机去太子河，不管什么位置，能到河边就行。

那个故事发生在明朝末期，季节大概是初冬，女真部落的某个首领带兵打仗，来到太子河边，河上没有桥，没有船，水也没结冰，大军就这样被拦住了。首领着急过河，隔一会儿就派一个探子去河边探查情况。第一个探子回来报告，河水还没结冰，无法过河。首领生气，命人把他斩了，又派出第二个探子。很快第二个赶回来，实话实说，仍旧没结冰，不能过河，结果也被斩了。第三个探子来到河边，发现结冰倒是结冰了，但只是薄薄一层，一个人都托不住，更不要说千军万马了。不过呢，这个探子很怕死，求生欲反而让他大胆起来，回到军营，他抱着能多活一会儿是一会儿的态度撒谎说，结冰了，可以通过。首领大喜，连夜率领大军过河，结果出乎探子的意料，军队竟然顺利到达了对岸。探子好奇，回去查看，发现原来河里爬满了螃蟹，一层一层叠起来，铺满了水面，比冰还结实，军队正是踩着螃蟹渡过了太子河。从那以后，太子河里的螃蟹背上便留下了一个马蹄印。

现在的我就像是故事里的第三个探子，区别在于，我是自愿的，也没人会杀我的头，海洋就相当于那个首领，他在生活的路上被河拦住了，我想帮他过河。当然，这只是个比喻。如果是现实中反而容易得多，我站在河边的观景平台遥望太子河，发现河道依旧宽阔，水却少得可怜，只剩下涓涓细流，即便不结冰，也能找到地方跨过去。

眼前的景色和故事的结局对我是一种鼓舞，既然现实中的河流也不难跨越，或许我应该坚定信念，相信谎言……也不完全是谎言，确切地说，应该是虚构的力量，哪怕不能推动海洋向前，至少可以让他对自己的现状产生怀疑，更何况他本身就是一个多疑的人。我头脑中的田仙一附和说，这么想就对了，另外，就算你对自己没信心，也应该对我的小说有信心啊。他提醒了我，我站在太子河边的寒风中，又在手机上看了一遍《杀手小镇》，信心再次增加了一点。剩下的就交给欢子吧，她的态度将决定我是否行动。

我给欢子打过去，她语调兴奋，告诉我和解协议已经签好了，流产女人的事情就此结束。

——怎么样？我厉害吧？

我说，厉害厉害，解决了我就放心了。我这边呢，也有两件事儿要向你汇报。

——你先别说，让我猜猜看。

她沉默片刻，接着说，其中一件，你是不是喝酒了？我有些意外，问，你怎么猜到的？

——那你不用管，然后呢？

我说没啥"然后"，事情多少有点复杂，等我回去了当面跟你解释，还有道歉。她说，道歉就不用了，说实话，你能挺这么长时间，我已经很满意了，说第二件事儿吧。

——我去找过那个老浑蛋了。

我详细讲述了与老浑蛋见面的经过，谈话的内容，说到田仙一相信了老浑蛋的话放弃了要杀他的想法，欢子打断我。

——也就是说，既然我哥相信了我没有被侵犯，应该就没有那么自责了。

肯定的，对于他来说，这件事儿就算是翻篇了。我明白欢子在想什么，虽然她不曾明说，但我能感觉到，在她看来，关于自己被侵犯的谎言无论如何摆放，都是压死田仙一的稻草中的一根，如今证明田仙一放下了这个心结，她的内疚多多少少可以得到缓解，这也是她派我去找老浑蛋的原因。她长出一口气，说我知道了，你继续说。

我细致地描述了自己见到那把刀时的所思所想，以及在此基础上构思出来的劝说海洋的计划。她问我，你是想问我什么？是能不能这么做？还是说这么做会不会有效果？我说，两方面都想听听你的意见。

——关于能不能，你让我想想要怎么说啊，就是吧，如果我哥还活着，当然不能这么做，但他肯定会认为这是个好主意，所以呢，我也这么认为。至于效果嘛，你难道忘了五叔是怎么说的了？

刚才一直陷在自己的想法里，经欢子提醒，我才想起五叔说过的那七个字：真作假时假亦真，顿时信心又翻了一倍。欢子说，就算没有五叔的预言，我也支持你。

去海洋家的出租车上，我又给三婶儿和都灵打了电话，对于我的想法，他们也没有异议。我特别嘱咐都灵，如果一会儿海洋联系你，问起二炮是不是凶手，你就说不知道，二炮从来没有提起过。都灵说，行，都听你的。

海洋家和昨天没什么两样，只是味道淡了，门口仍旧有垃圾，但至少装进了袋子里。

看什么看，我晚上一起扔。海洋不满地瞟了我一眼，坐回沙发上，继续刚才暂停的游戏，电视屏幕上詹姆斯快速运球向前推进，他控制的湖人队领先11分。我说可以啊，有长进。他哼了一声说，必须的，今天肯定打爆你。我拿起遥控器，关了电视机。他诧异瞪眼，问我，你有病啊？

——有事儿和你说。

——打开，不耽误。

我打开手机，再次调出《杀手小镇》的文档，递给他。

——你先看看这个。

他接过去，扫了一眼，问，这是啥玩意?

——一篇小说。

——你写的?

——不是。

他把手机扔到沙发上，说我不看。

——和三叔的死有关。

他撇撇嘴，点上一支烟说，爱啥啥，我都不想看，看字儿就头疼。他伸手要遥控器，我躲开，拿起手机说，那我给你念。他伸了伸懒腰，顺势靠到沙发上。

——正好坐累了，躺一会儿，不嫌烦，你就念吧。

手机上的文字我再熟悉不过，就在半小时之前，还从头读过一遍，然而现在再看，却陡然生出几分陌生感，仿佛在现实与虚构的模糊地带，又开辟出一片空间，引领着我走向广袤未知的世界。我说小说的名字是《杀手小镇》，作者是我的朋友，叫田仙一。

接着，我开始朗读这篇小说。


二十二年后，阿庸带着义子阿龙赶了三个多月的路，回到故乡，发现那里完全变了模样，由于连年战乱，原本富足繁荣的中原城邦如今就像边陲小镇一样萧条。阿庸曾经常去喝茶的大兴茶楼已变成了棺材铺，对面原是悦来客栈，现在却是寿衣店。老板都换了人，和阿庸聊起来，纷纷感叹，世道艰难，民不聊生，前几年还能做做死人的生意，现在死人生意也不好做了，很多人死了，连棺材也不买，用草席卷巴卷巴就埋了。阿庸对棺材铺老板说，别担心，生意会好的，现在不就有生意上门了嘛，我要预订一口上好的棺材。老板喜上眉梢，询问具体尺寸。阿庸指了指自己说，就是我的。老板惊得合不拢嘴，但也不好多问。阿庸又到寿衣店订了寿衣，在两个老板喜悦又惊讶的议论中，继续往前走。

等一下，海洋点上一根烟，这个不会是恐怖小说吧？

我说，不是，为什么这么问？

他微微皱眉说，又有棺材，又有寿衣的，听着就有点吓人。我可告诉你，你别骗我，要是恐怖小说，我可不听，最烦一惊一乍，吓人巴拉的。说完，他单手抱在胸前，用力吸了口烟。

我说你放心，一点也不恐怖。

他点点头，示意我继续讲。

阿庸带着阿龙来到他过去常常光顾的妓院，不出他所料，妓院也早已改头换面，变成了普通的客栈。他和阿龙便住下来。晚上在客栈里吃饭，小二看见放在桌子上的宝剑，神色紧张。阿庸安慰小二不要怕，自己虽是江湖中人，但早已金盆洗手，带着兵器，只是习惯。阿龙在旁边笑，阿庸不理，问小二是否听说过多年前发生在城里的林氏灭门惨案。小二摇头，阿庸说，麻烦你去问问店里有谁知道。不一会儿，大厨来了，年近四十，身材粗壮，称自己知道。阿庸掏出一块碎银子，放到桌上，请大厨详细讲讲。大厨高兴，收起银子，娓娓道来。

海洋又打断我，问，是不是武侠小说？

我说，也不算。

他又问，那到底是什么小说呢？总有个类型吧？

我怀疑他故意捣乱，便敷衍说，算是古装吧。

他还不满意，接着问，发生在什么朝代？

——唐朝末年到五代十国，后面会写到，但这些都不重要，请你耐心点，听故事，行吗？

他朝着我吐出一口烟，说，是你自己要念的。

我懒着再理他，提高了声量，往下读。

林氏一族做布料生意，原本是城中首富。一家之主林员外，宅心仁厚，乐善好施，深受百姓爱戴。林夫人知书达理，美丽贤惠，与林员外十分恩爱，后来因为难产，意外死去。好在孩子活了下来。林员外深爱妻子，并没有续弦，在仆人的帮助下，一把屎一把尿将儿子抚养长大，但也因为过于溺爱，林公子成为城内有名的纨绔子弟，吃喝嫖赌，样样精通，其中最喜欢的就是逛妓院，常常几天几夜不回家。然而，命运无常，却正是这个不良嗜好，救了他一命。

没人知道匪徒从哪里来，到哪里去。事后，大家纷纷猜测，他们应该是逃兵。有人看到一共有五个人，进了林府的大门。具体的情况外人不得而知，不过以林员外的性格和结果来看，匪徒很可能受到了热情款待，并且获准在府内留宿。林员外做梦也想不到，自己的善良好客换来的却是毫无人性的屠戮。就在当天夜里，林府上下二十几口，全部被杀。只有醉倒在妓院的林公子侥幸逃过一劫，等到他第二天早上醒来，被人送至家门前，才知道自己已经身无分文，无家可归。匪徒不仅抢走了银子，还放火烧了房子。

阿龙双眉紧锁，问大厨：这位林公子后来怎么样了？

大厨摇头叹息说，林公子也算坚强，虽然过惯了好日子，没钱了，倒也能活，自己盖了茅草屋，跟着樵夫上山砍柴，然后卖给相熟的妓院，赚些铜板，也能养活自己。可是后来，也不知道为什么，突然有一天，林公子就消失了。有人说是上山砍柴时，不慎掉下了悬崖，也有人说是被猛兽吃了，还有人说他总归是受不了砍柴的苦日子，自杀了。反正那之后他再也没有出现，活不见人，死不见尸。

阿龙看向阿庸，阿庸正色道：这位林公子并没有死。

大厨诧异，问：你怎么知道？你认识他？

阿庸说：因为他就是我，我就是那位林公子。我离开是为了报仇。你说得没错，杀害我一家的凶手确实是逃兵。

大厨喜悦，问：这么说，你已经报仇了？

阿庸点头说：没错，我这次回来，一是为了祭拜家人，二是为了投案自首。

大厨惊讶：投案自首？为什么？

阿庸又拿出一块碎银子放在桌子上，说：你不需要知道那么多，现在再请你帮个忙，将我回来的消息传出去。

当晚，睡觉前，阿龙问阿庸：你确定要这么做吗？阿庸点头。阿龙说，你要是后悔了随时告诉我，这就是我跟着你来的原因。说完，阿龙闭上了眼睛。阿庸却失眠了，很久没有想起的往事，仿佛风中的种子又落回大地，迅速长出茎叶，开出花朵。他想起自己的奶妈，一个极其温柔的圆脸女人，总是用右边的乳房喂自己，左边的喂她的儿子，只因为右乳房比左边大一点。还有老管家，始终板着脸，却十分手巧，会用草茎编织各种小动物给他玩。马夫是个开朗的小伙子，常常偷偷带着他去骑马，教他游泳，后来娶了厨娘的大胖女儿，出事儿时，他们刚成亲不久。夫子也住在他家里，爱喝酒，喝醉了喜欢作诗，清醒后又会烧掉，总是嫌他笨，对他父亲直言，说他不是念书的料，他父亲并不生气，总是笑呵呵地请夫子再耐心一些。实际上，只有他自己知道，父亲很担心他的未来，因为他老实单纯，甚至有点愚笨，害怕他将来受欺负，才会逼着他去历练，去"学坏"。不管你干什么，这二十两银子，今天必须花完。冠礼过后，父亲常常对他提出类似的要求。然而，正所谓江山易改本性难移，他虽然常常流连于妓院，却从未嫖过，在妓院里过夜，他所做的也无非是和姑娘们聊天喝酒，听她们讲述各种客人的故事，借此丰富自己的阅历。而这些阅历和他那段"淫靡"的生活一样，最终都成了过眼云烟，一夜之间，他便从人人羡慕的"花花公子"，万贯家财的继承者，变成了毫不起眼、艰难为生的樵夫。如此突然又巨大的落差，堪比跳崖，多数人都会经受不住，粉身碎骨，他却撑住了。悲伤固然悲伤，但也只是悲伤。对于生活，他从来没有那么多想法，天天去妓院喝花酒，和天天上山砍柴，在他看来，并没有明显的区别，也许后者刚开始的时候有点吃力，但习惯之后，他甚至感觉，这才是适合自己的人生。至于报仇的念头，有时候累了，躺在山坡上休息时，也会像一根针，悄然落进他少有涟漪的脑海，唤醒很多美好的记忆，让他倍感痛苦与孤独。仅此而已。不然还能怎么样？且不说人海茫茫，凶手难寻，即使找到了，又能如何呢？报官？生逢乱世，宦官当权，贪官当道，内忧外患，大唐都要亡了，苟且偷生已经不错了，谁还有心思去捉拿杀人如麻的凶手？靠自己？他自知没那个本事。除非自己会武功，可是去哪学去呢？也是一头雾水。那时候他还不知道世界上有一个古老的职业，叫杀手，直到遇见了阿龙的父亲阿丑。

海洋举手示意停一下，然后问我，这都有杀手了，还不算武侠？

你说算就算。我后悔刚才否认了他的说法。

——所以，后面还会有武打场面吗？

——有。

——真有假有？

——真有。

他笑了，掸了掸烟灰，摆出家长检查孩子作业的架势，告诉我接着念。


阿丑其实长相俊朗，因为擅长易容术，喜欢扮丑，才得名阿丑。掐指算来，阿丑也已经死了十一年。阿庸借着窗外的月光，看了看阿龙，他几乎和他爹是一个模子刻出来的，端坐在椅子上，呼吸均匀，也不知道是真的睡了，还是假寐。阿丑生前最大的愿望就是儿子能成为一个普通人，现在看来，也落空了。作为阿龙的义父，阿庸曾极力阻止阿龙学武，无奈阿龙天赋异禀，在旁边看着，也学得比其他人快，最终不仅做了杀手，还做到了顶级，而且给自己定下目标，要继承杀手小镇的长老之位，做天下第一。想到这里，阿庸暗暗叹息，如果说他在世上还有什么牵挂，那就是阿龙了。阿龙仿佛感知到了他的所思所想，嘴角微微上翘，细声说，别胡思乱想了，赶紧睡吧，明天有的忙呢。阿龙提醒得对，但阿庸就是想回嘴，说睡你的吧，我自有分寸。阿龙不语，就好像刚才是在梦呓。阿庸轻轻翻了个身，继续胡思乱想，外面打了二更天，才迷迷糊糊睡去。

第二天早上，客栈外面围了很多人，都是听到消息，来看热闹的。阿庸吃罢早饭，带着阿龙出门，在人群里见到几张似曾相识的面孔，一位风韵犹存的大嫂挤上前来拦住他，说林公子啊，果然是你啊，刚开始听他们说，我还不信呢，你还活着真是太好了。大嫂面熟，聊了几句，阿庸想起来，是曾经要好的妓女芝芝。阿庸想去祭拜家人，芝芝主动给他们带路。人群不愿散去，一路跟随，又吸引了更多的百姓加入，不时有故人上前问候阿庸，与他攀谈。

惨案发生后，阿庸将家人们全部葬在了后院的废墟上，他的茅草屋就建在旁边。现在茅草屋早已不见，在原本属于他们家的土地上分别修建了三处民宅。所幸墓地还在，虽然杂草丛生，墓碑和坟冢多有破损，但依旧可以辨认。那三处民宅的住户都是老实憨厚之人，一起赶来解释，他们的土地是从官府手中买来的，并非私自占用，而且墓地也在购买范围，他们却一寸也不曾侵犯。阿庸向他们表示感谢，又命阿龙分别给他们十两银子，拜托他们以后对墓地多加照管。

出门之前，阿庸业已差遣客栈小二去购置了祭拜所用，待一切准备停当，阿庸上前叩头，焚香烧纸。

我终于可以给你们报仇了。仪式结束，阿庸再次给家人们磕头，算是告别。

不知何时，人群外来了两个捕快带着一队衙役。阿庸起身之后，他们穿过人群，来到阿庸面前。领头的捕快表明来意：如今城里已经传开了，你要投案自首，我家大人特命我来带你过去问话。阿龙不高兴，抢在阿庸前头质问捕快：都说了会投案自首，你们还来抓人，是怕他跑了，还是你们心里有鬼？捕快语噎，阿庸打圆场说：没关系，正好有他们带路，也省得找了。

停，海洋用挑剔的眼光看我，这里写得不对。

哪里不对？既然能挑毛病，说明他在认真听，在思考，我为此暗暗高兴。

——应该打起来才对啊，他们是杀手，捕快叫他们去他们就跟着去，那还算什么杀手？

——他们不是一般的杀手。

——哪里不一般了？我怎么没看出来？

我问，你确定要"剧透"吗？

他面带狐疑，想了想说，你先念，我再听听。

我喝了口水，降低了一点音量。

人群依旧不散，跟着阿庸一行人赶往县衙。芝芝走在阿庸身边，劝慰阿庸，不用担心，郑县令是个难得的好官，明辨是非，清正廉明，最后肯定会将他无罪释放。阿庸笑而不语。

进了县衙，县令已然端坐上方，大概五十岁模样，仪表堂堂，看着确实像个好官。阿庸站在堂下，昂首观望，并不下跪。

县令不怒自威，问阿庸为何不跪。

阿庸不卑不亢，答曰：理由有三。一则，我虽说要投案，现在却是你派人请我来，客人当然不必跪；二则，大唐已亡，所谓的父母官也是为节度使效命，名不正言不顺，故此不跪；三则……阿庸又卖起了关子，说，待会儿你自然会知道。

县令神色微变，说：你貌似忠厚，实则巧言善辩，就不怕本官治你扰乱公堂之罪？

阿庸答：如今乱世，守法之人本就不多，自愿投案之人尚未开口便被治罪，恐怕以后守法之人会少之又少吧？

堂下围观百姓也纷纷帮阿庸说话，劝说县令，先让他陈述案情，倘若真有罪，再下令责罚不迟。县令思索片刻，遵从民意，准许阿庸站着说话。阿庸向百姓鞠躬致谢，余光扫过人群，在芝芝身边找到阿龙。阿龙向他竖大拇指，他微微点头，转回身，面对县令，发问道：不知大人是否听说过发生在此地的林氏灭门血案？

县令答：略有耳闻。

阿庸说：今日我就是为此案而来，我是林家唯一的幸存者。

县令问：莫非你已找到了凶手？

阿庸答：是，也不是。大人莫急，听我慢慢道来——

案发后，我无依无靠，只能以砍柴为生。虽然也想着报仇，可是既不知道凶手，也不会半点武功，只能暗自叹息，苟且度日。一天，我照旧上山砍柴，意外在树丛中发现了一位昏迷不醒的伤者。照理说，我爹便是因为热心肠才惹来祸事，我应该汲取教训，弃之不顾，无奈天性纯善，做不到见死不救，便将他背回家中，准备找医生为他治伤，不承想他自己醒了过来，告诉我他便是医生，为自己开了方子，请我帮他抓药，内服外敷，几日之后，伤势竟好了大半。某日夜里，他突然将我唤醒，说他即将离去，为了报答我的恩情，可以帮我杀一个人。我这才知道，他绰号阿丑，是一名杀手。我想到自己大仇未报，便恳请他收我为徒，他可怜我的遭遇，勉强同意。我随他回到杀手小镇，学艺七年，最终，也成为一名杀手。

听到此处，围观百姓无不发出惊叹。阿龙的嘴角却露出一丝戏谑的微笑。捕快和衙役紧张不已，纷纷抓住自己的武器，警惕地盯着阿庸，等待县令的命令。县令毕竟见过世面，不为所动，命阿庸说下去。

阿庸环视众衙役，淡然道：各位不必紧张，杀手这个行当，也有自己的规矩，想必大家都听过要离、荆轲的故事，吾辈虽然不能与之相比，多数时候是拿钱办事，但基本的准则还是有的，绝不乱杀无辜便是其中最重要的一条。更何况我已经金盆洗手，此番所述，也都是陈年往事，你们权当听一个故事。刚才说了，之所以学武功，做杀手，目的只有一个，为我惨死刀下的家人们报仇雪恨，然而说起来容易，做起来难，最难的就是没有人知道凶手的名字和下落，寻起来无异于大海捞针。好在我不是孤身一人，我们杀手小镇更像是一个帮派，镇上的人也并非全是杀手，有人种田，有人养鸡养鸭，另外一些人则长年生活在外地，经营酒肆茶馆，为的是收集相关的信息和情报。刺杀，尤其是针对那些有权势的人物，无异于打仗，情报往往是成功关键。在我成为杀手的两年后，终于消息传来，一个赌徒疑似是凶手之一。

——此人名曰王大利，家住黄州，据传曾经也风光一时，豪宅广厦，锦衣玉食，三妻四妾，可惜生性放荡，尤其好赌，几年间便散尽家财，沦落为一个人人避之不及的滥赌鬼。此外，他还好酒，醉后常出诳语，关于林氏灭门一事的言论便是其中之一。我和阿丑前去探查究竟，很快查明，他是本地人，少时因力气大而闻名乡里，曾入行伍，归来后突然发迹，时间是灭门案发后的几个月。由此基本断定，他便是凶手。我和阿丑跟踪数日，发现他已然是废人，于某日夜里，悄然潜入其家，毫不费力便将其制服。他怕得要死，不等我们使用手段就供出了详情，他们一伙果然是逃兵，共有五人，其他四人分别是：毛飞启、段彪、邢阔海和田有金。本来他们只想劫财，没打算杀人，是邢阔海见色起意，企图强暴一个胖女人，结果遭到老员外带头反抗，导致双方冲突，最终造成了惨案。至于其他人的下落，他一概不知，当时得手后，出了城，众人即分道扬镳，之后再无联系。诉说过程中，他一再求饶，强调自己只是帮手，负责守门，并没有杀人，我当然不信他的鬼话，一刀砍下了他的人头。那一天是我杀手生涯的真正开端，他是我所杀的第一人。

我停下来喝水，并提醒海洋，打斗场面已经出现过了。

——啥时候出现的，我咋没听见呢？

——将其制服，一刀砍下他的人头，这不都是嘛。

你可拉倒吧，他白了我一眼，又点上一根烟。

——不管有没有打斗，你就说写得怎么样，有没有吸引你？

他又白了我一眼：写得好跟你有什么关系？又不是你写的，赶紧念吧。

阿龙带头拍手：杀得好。

百姓们也跟着叫好。县令拍了拍惊堂木，堂下肃静下来，县令问：后来呢？俨然也对阿庸的故事产生了兴趣。

阿庸接着说：即便知道了凶手的姓名和籍贯，追凶仍旧困难重重，后来的事实也证明，除去王大利，其他凶手都没有回老家，并且更换了名字，其中毛飞启干脆连姓氏也一起改了，摇身一变，成了李忘川，在定州开了一家当铺。之所以会发现他，是因为此人还算有些孝心，虽然事后从未在老家的父母面前现身，却常常以隐秘的方式给老两口捎些财物。我们根据这些财物的线索，层层追查，耗时半年，才锁定他的下落。当时他儿子刚刚出生，我于心不忍，劝说阿丑又等了几日，待他儿子满月后，于他去庙里烧香回家的路上将其捉住。他对自己的罪行供认不讳，也明白自己罪大恶极，不可饶恕，只求我们不要伤害他的家人，给他留个全尸，作为交换，他愿意说出另外一个凶手所在何处。我们同意了他的条件，给他服用了我们秘制的毒药，让他的死状看起来像是恶疾突发，暴毙而亡。他所指认的凶手是已更名为段毅的段彪，此人会些武功，颇具野心，也有手腕，靠着抢来的不义之财组织了一批人马，而后投靠到东河节度使祁文昌麾下，当时已为副将。

百姓中有人听说过段毅，插话问：是不是后来还做了大将军？最后死的时候，脑袋却不见了。

就是他，说起来，他能做上大将军，多多少少也与我们有关。阿庸叹了口气，面色变得凝重，继续说，我们先后去杀了他两次，第一次之所以会失败，是因为犯了轻敌大忌。出手前，我和阿丑照例做了调查。那时段彪正跟随祁文昌手下的大将军聂正风攻打麟州，我们计划借他兵败之际，乘虚而入，取他性命。半个月后，机会出现，聂正风的军队在岚州遭遇夹击，大败而归，于是我们在他们溃退的途中对段彪发动了攻击。然而，有两件事，我们没有算到，一件是段彪阴险狡猾，为了铲除异己，竟然也暗中养了杀手，就在我们行动的当晚，他正与自己的杀手密谋，趁兵败除掉聂正风，然后取而代之。他的杀手功夫了得，挡住了我们的杀招，段彪受其保护只受了轻伤。我们不愿纠缠，本想全身而退，再从长计议，不料段彪治军有方，他的亲信部队败而不乱，迅速赶来将我们团团包围，这便是我们没有算到的第二件事。突围时，阿丑为了保护我，被段彪的杀手刺伤，中了剧毒，死在了回家的路上。

临死前阿丑告诉我，他不难过，也不害怕，这就是杀手的宿命，不是杀人，就是被杀。唯一一点遗憾，是未能看着儿子长大成人。阿庸看向阿龙，他将儿子托付给我，并嘱咐我，不要让他儿子学武，更不要让他做杀手。

阿龙说：可是，每个人有每个人的命运。

阿庸笑笑，说：没错，就像我的命运是复仇。他转回身，面对县令，接着说：阿丑死后，我复仇的对象又多了一个，段彪的杀手，他不仅是我的仇人，还是杀手小镇全镇的仇人。虽然他行踪诡秘，但经过我们全镇人的追踪搜索，两个月后便查明了他的底细，结果令人吃惊，他竟然就是邢阔海，已然更名为邢轲，大概意在效仿荆轲，在我们看来却是一种亵渎。此人有三个特点，嗜杀、好色、善用毒。根据我们了解到的情况，很多次，他为了杀一个人而害及众多无辜，所以杀他已经不仅仅是报仇，更是为了替天行道，因此，小镇出动了一众高手，对他进行围猎。由于本性好色，他最终死在了香秋女的手中。没人见过香秋女杀人，据说以前香秋女也曾向镇上的好奇之士描述过自己的杀人手法，但只开了个头，那些人就跑的跑吐的吐了。如此算来，冥冥之中，老天爷似乎也有意对那阔海进行额外的惩罚。

堂下的百姓纷纷鼓掌称快。

县令听得认真，见缝插针问道：也就是说，他是受尽折磨而死？

阿庸答：正是。

县令又问：死之前，他可有提到其他凶手？


海洋打了一个手势，示意我停下，想了想，然后肯定地说，这个县令一定有鬼。

我好奇问，为什么？

——你先告诉我，有没有？

——有。

他得意地笑了，说，你看啊，之前说了凶手是五个人，现在已经出现四个了，就剩一个，正常情况应该问，他有没有提到那个凶手，或者说凶手的名字，而县令却说其他凶手，也就是说县令想到的不是一个人，而是两个或者更多，我分析的有没有道理？

我开玩笑说，也许县令数学不好呢。

海洋飞快地眨了两下眼睛，又说，还有一种可能，县令也是凶手。不等我回答，他又马上做补充：别"剧透"，接着读。

　　阿庸微微一笑，说：大人问得正好，从邢阔海的口中我们得到两条信息，一条是田有金的下落，他带着钱财去了江南，改了名字，买了宅子，娶了一位美娇妻，过上了幸福生活。但他的幸福很短暂，在邢阔海说出这些话的几年前，他便已经死了，杀他的人正是邢阔海。原本两人私交甚好，往来颇多，但在田有金成亲之后，邢阔海便惦记上了他的美娇妻，为了将其占为己有，邢阔海干脆杀了自己的朋友。

　　县令显然对田有金的死没有兴趣，问：另一条信息又是什么？

　　阿庸卖了个关子，说：大人可以猜猜看。

　　县令思忖片刻，小心翼翼地问：莫非与段彪有关？

　　阿庸点头，接着说：邢阔海向香秋女供述，段彪野心极大，做大将军只是他的第一步，第二步便是取代祁文昌，而祁文昌身边的红人——为其炼制丹药的道士，正是段彪安插的内应，一旦段彪握牢了军权，就可以像毒死一条狗一样毒死祁文昌。在我们得知这条信息的时候，段彪已经坐上了大将军的位置。之前我和阿丑的刺杀行动打乱了他除掉聂正风的计划，不承想他老奸巨猾，顺势来了一招将计就计，放出消息，谎称杀手是敌军所派，之所以要刺杀他，是因为害怕他会代替聂正风成为主帅。祁文昌果真相信了这种说法，罢黜了聂正风，命段彪接任大将军。所以我才说，他做大将军，多少与我们有关。另一方面，他也确实有军事才能，带兵打了好几场胜仗，进一步稳固了自己的地位，也大大增加了我们再次刺杀他的难度。恰巧此时，邢阔海的供词为我们提供了突破口。这一次，长老亲自出马，以贡奉丹药为名见到了祁文昌，告知其身边的炼丹道士实际是段彪的奸细。祁文昌将信将疑，带人来讯问，长老略使手段，道士便招认了一切。祁文昌又怒又惊，一时无措，长老适时表明来意，与他定下捉拿段彪的计划。过了几日，祁文昌借口论功行赏，大宴群臣，段彪并无防备，我们假扮侍者，在宴席上轻松将其拿住。审讯后，我砍下了他的人头，扔到山林间喂了野狗，才算解了我的心头之恨。

堂下的百姓再次鼓掌叫好。

阿庸定定地看着县令，等待他来提问。

县令坐正身姿，略做思索，问道：听下来，你所杀的都是该死之人，投案一说又从何说起呢？

阿庸短叹一声道：说来惭愧，虽然避免伤及无辜是我作为杀手的准则，但实际上我也打伤或杀死过无辜之人。在第一次刺杀段彪的过程中，我至少杀死了一个士兵，伤者则难以计数，对于此类情况，不知道大人会如何判罚？

县令正色回答：在本官看来，你当时是情急受困，并非主动伤人，理应不受责罚。

阿庸追问：如大人所言，不论后果如何，若非我有意为之，便不在制裁之列？

县令听出阿庸话里有话，面露疑色，慢声说：也不能一概而论。

如此说来，我还有一事想听听大人的高见，阿庸也放缓了语气，却又稍稍挺高了音量，好让堂下的百姓都可以听清，假若有这样一个书生，某日，他的一位旧时好友做了逃兵，走投无路，来找他寻求帮助，借些盘缠，奈何他也囊中羞涩，又不忍好友被抓回受死，便出了一个主意，可以去城中林员外家寻些银子，作为逃亡的路费，结果他的好友竟然伙同其他逃兵，将林员外一家杀了个精光。我们姑且相信，书生并没有指示好友去杀人，那么请问大人，这位书生是否应当受罚？


我停下来，看海洋的反应。

我猜对了吧，他比刚才更加得意，这个书生就是县令吧？

——你厉害。

——另外，我又想了想，总的来说，这就是一篇武侠小说。

——为什么？

——因为两个主人公，一个叫阿庸，一个叫阿龙。

我一时没明白他的意思。

你和作者到底是不是朋友？一个是金庸，一个是古龙啊，不信你问他，是不是这么想的。他站起来，走向卫生间，等会儿再念啊。

不用问我也知道，就是这么回事儿，这就是田仙一的风格，喜欢在一些不起眼的小地方埋藏小机巧。令我感到惭愧的是，这篇小说我读了不下二十遍，还做过修改，却从未在这两个名字上做过停留和思考，而海洋甚至还没有听完整个故事，就发现了这一点。我不由得想，如果他俩能见面，肯定会成为好朋友，比我对他们来说更好的朋友。

我想象田仙一就坐在旁边的沙发上，然后小声对他说：有人发现了，你是不是特高兴？当然没有回答，但伴随着海洋冲马桶的声音，我仿佛听见田仙一在哈哈大笑，好像鹅叫。我知道他一直都在，至少在我们读完小说之前，他不会离开。

# 第十章：我们为什么相聚

不知不觉间，太阳已偏西，几栋新建的高楼挡住了本就稀薄的阳光，我们的房间被笼罩在阴影中，较外面暗了许多。海洋走出卫生间，顺手开了灯，说，其实还有一点暗示了县令有问题，就是阿庸不给他下跪那一段。

我说确实，那是个铺垫。

他坐回沙发上，告诉我可以接着念了。

县令惊得说不出话来，脸色惨白犹如挂了一层细霜。

堂下百姓也察觉到堂上的变化，开始小声议论起来。

阿庸见县令没有开口，又接着说：如若我自认为论罪当斩，这位书生是否理应同罪？再者，我尚且因为内疚而来投案，他却包庇凶手隐瞒真相这么多年，是不是要罪加一等？

堂下百姓中有脑筋转得快的，忍不住高声提问：请问林公子，这个书生到底是谁？

阿庸不理，看着县令，继续说：书生的名字不提也罢，说起来，只是给大人一个参考。现在对于我的罪责，想必大人已经有了明断。

县令的脸色依旧惨白，他动了动嘴唇，好似要说什么，却又咽了回去，然后颤抖着拿起惊堂木，举了半晌，最终与其说是拍下去，不如说是因为耗尽了力气，不得不放下。

堂下一片肃静，百姓们不自觉地屏住了呼吸，等待他的判决。阿龙则始终看着阿庸的背影，沉浸在自己的思绪中。

县令酝酿了半晌，才喊出阿庸的名字，他的声音听起来苍老了许多。

阿庸朗声回答：在。说完这个字，他明白自己的使命已经完成，突然感觉有点累了，紧绷的精神也放松下来，干脆闭上眼睛，县令的声音断断续续，他也半听不听，直到县令说出他期待已久的四个字：论罪当斩，他才睁开眼睛，看到县令一边擦汗，一边拍下惊堂木。

来人，将嫌犯押入大牢。话音刚落，县令便仓皇站起，跟跄着逃了出去。

百姓一片哗然，纷纷为阿庸叫屈。

衙役押住阿庸，推向堂外。阿庸望向阿龙，向他笑笑，阿龙也回以微笑。


阿龙随着散去的百姓离开县衙，回到客栈，吃了午饭，在城里闲逛了半天，天黑之后，又回到县衙，在书房里找到了县令——他将自己挂在了房梁上，已经死了。看着县令的尸体，阿龙既为阿庸感到骄傲，又有些失落。

过了一更天，阿龙潜入大牢，找到阿庸，告诉他，他赢了。

阿庸不解，问：我赢什么了？

县令自杀了，你没动一根手指，只是说了几句话，便杀了一个人，这种杀人于无形的手法，我一辈子也做不到，所以我决定不再做杀手了。阿龙闷闷不乐，看也不看阿庸，我们现在可以走了吗？

阿庸欣慰地笑了，说：我不能走。

换作阿龙不解，问：为什么？

阿庸答：因为我确实杀了人。

阿龙被他逗笑了，说：行了吧，别人不知道，我还不知道吗？你就是个教书先生，根本不会武功，连鸡都不敢杀，还杀人？你在堂上说的那些事儿，哪一件是你做的？你只是负责记录下来而已。

阿庸说：你错了，倘若不是我想报仇，我的仇人们、你父亲，以及那些无辜的人，他们就不会死，归根结底，他们是因为我的想法而死的，今天的事儿也证明了，想法确实可以杀人。

阿龙一时无法反驳，只能愣愣地看着阿庸。

阿庸接着说：这一点，你明白，我明白，但其他人不明白，所以我不能离开，必须留在这里，作为杀手死去，只有如此，人们才会相信，是我杀了那些人，既为我的家人报了仇，也为那些无辜的人偿了命。

阿龙默默低下头。

阿庸又补充说：你要记住，每一次死亡都别有深意。

两个月后，已然是冬天，阿庸被带上了刑场，百姓们纷纷到现场围观。当阿庸的脑袋被刽子手砍下来时，很多人不禁扼腕叹息，而阿庸的脸上却挂着笑容。

阿龙收好阿庸的尸体，找人将他的头和身体缝合在一起，装进他自己预订的那口棺材，又买了一辆马车，载着棺材回到杀手小镇。经过全镇人的同意，原本属于长老的墓地让给了阿庸，并且镇人在他的墓碑上刻下四个大字：天下第一。

念完了，我放下手机，喝了口水，紧张之感油然而生，小说结束，我的创作才刚刚开始，有问题可以问。

写得挺好的，没啥问题。海洋的表情暧昧不明，不再得意，反而好像有些伤感，看我的目光中又透出几分谨慎，开始的时候，你说和我爸有关，是怎么回事儿？

我说别着急，咱们慢慢来，关于这个小说，还没聊完呢。

他问，还聊啥？

——我想让你总结一下阿庸的心路历程。

他皱眉想了想说，咋还考上阅读理解了，我不会，你就别卖关子了，有啥直接说。

我当然不能直接说，只有他自己想出来的，说出来的，他才会坚信不疑。

——要不这样，我问问题，你来回答。

——问。

——阿庸本来可以不用死，对不对？

——对。

——某种程度上，可以算是自杀。

他点头。

——你觉得是为什么？

——里面不是说了嘛，为了让大家相信他是杀手，相信他亲手为家人报了仇，还有为那些无辜的人偿命。

——他没杀过人，却想让别人相信他杀了人，还要偿命，你不觉得奇怪吗？

他狐疑地看我，问，啥意思？你是真没看懂，还是逗我玩呢？

——我想听听你的看法。

这么说吧，可能我想得比较简单啊，首先，我觉得阿庸是个好人，善良，又有点笨，一根筋，然后呢，他的心路历程大概就是，想报仇，报完仇，因为有无辜的人死了，主要是朋友阿丑也死了，他又觉得内疚，觉得自己有罪，又想赎罪，最后想了一个办法，既教育了阿龙，杀死了剩下的仇人，同时也杀了自己，就是这么回事儿。说完，他抱住双臂，做出防御姿态，仿佛在告诉我，我不想再和你废话了，你赶紧往下进行。

这些话已经足够了。

我说，有一句话叫艺术来源于生活，你肯定也知道。

——知道。

——那你想过吗，这个作者，为什么会写出这样的故事和阿庸这个人物？

你问我，我问谁？又不是我写的，他明显有些生气，你应该去问作者，你和他不是朋友嘛。

——我也想问。

——什么意思？

——他已经死了，自杀。

海洋一下子泄了气，看向别处，思索了一会儿，低声问，为啥？

我说，下面的话我只说一遍，你要保证谁也不能告诉。

我保证。他敲了敲茶几。

——先说事实部分，我女朋友叫田欢子，你还记得吧？

他点头。

我继续说，小说的作者，田仙一，是欢子的哥哥。小时候，欢子练跆拳道，因为田仙一的疏忽，欢子险些被跆拳道教练强暴。田仙一误会妹妹就是被强暴了，他后悔，内疚，想杀了教练为欢子报仇，但教练搬走了，找不到了，这事儿也就过去了。前几天，五叔的婚礼之后，我和欢子回了趟哈尔滨，看她妈妈，遇见了田仙一的一个朋友，男的，外号叫妹子，这一点不重要。妹子告诉我们，那个浑蛋教练后来搬到了我们这儿，田仙一曾经带着妹子来找过他。昨天，妹子帮我们要到了浑蛋教练的地址。今天下午，来之前，我去找过他，他证实了妹子的说法。

我拿起带来的铁盒，打开，放到海洋面前，他看了看里面的匕首，又看向我，我接着说，这是田仙一当时留下的。浑蛋教练说，田仙一应该是从他工作的地方一路跟踪他回了家，在他家里大哭了一场，因为相信了他的解释，没有动手，最后留下了这把刀，作为提醒他不要做坏事儿的信物。

海洋问，田仙一为什么会哭呢？

我说，事实还没说完呢。浑蛋教练当初工作的地方是一家武术馆，在游艺城的三楼。

海洋眼中闪光，说我记得，咱俩还去玩过。

我说，事实讲完了。

海洋说，你还没回答我的问题，他为什么会哭呢？

我避而不答，继续说，田仙一是我的朋友，他活着的时候，我没珍惜，等他死了，我才明白，他是我最好的朋友，甚至没有之一。他的亲妹妹，田欢子，现在是我女朋友，我们肯定会结婚。

海洋说，我知道，你放心，有话你就说，我肯定不告诉别人。

我等的就是他这句话。我说，以下都是我的猜测，没有任何证据，你就当是一个作家犯了职业病，瞎联想。还是那句话，我只说一遍，你什么也别问，因为问了，我也没有答案。

海洋点头。

我说，结合我刚才讲的事实，在我看来，有这样一种可能，田仙一当时守在游艺城外的暗巷中，准备杀死浑蛋教练，结果却认错了人，杀错了对象。逃走时，又意外撞见真的浑蛋教练，于是跟踪他回家，但那时田仙一已经乱了方寸，所以才会失控大哭，也因此泄了气，相信了对方的说辞。留下匕首，是一个险招，虽然可以震慑浑蛋教练，但也是证物，如果浑蛋教练去报警，对田仙一则十分不利。至于浑蛋教练为什么没报警，可能有很多原因，其中有一种比较合理，他之所以搬家就是为了逃避过去的丑闻，报警则无异于主动暴露自己的丑闻。海洋一直盯着我，好像我的脸是一个屏幕，我说的话会自动显示成字幕。为了不露怯，我也看着他。说回田仙一，他不是坏人，有良知，一直被这件事儿折磨，所以才会酗酒，抑郁。刚才的小说，我猜测，很大可能性是源自这件事儿，阿庸的原型就是他自己，几个关键词都对得上，复仇、错杀了无辜的人、内疚和自杀。当然有艺术加工，有可能是在美化自己，但也是小说家的责任。最后，在我看来，也是最重要的一点，我稍作停顿，看向海洋身边，想象田仙一坐在那，脸上浮着玩世不恭的笑容，抱着肩膀，抖着二郎腿，等待我的总结陈词：他自杀了，是赎罪，同时也算是知行合一。

海洋低头沉思。

——我说完了。

但是，他又重新看向我，表情较刚才稍有变化，眼神中多了几分狡黠，似乎看出了什么破绽，对我的话产生了疑虑，我不知道，怎么说呢，比如说你吧，也写过杀人，但肯定没有真的杀过人，你明白吧？还有像金庸和古龙，他们也不会武功。

没错，你说得没错，我站起来伸了伸懒腰，借此避开对视，掩饰自己的心虚，所以我才说，都是我的猜测。

我以为他会继续追问，等到的却只是一句：明白了。然后他打开电视，拉我一起"打球"。我有点糊涂，不明白他所谓的明白是真明白还是假明白，是明白了我在虚构，明白了我的良苦用心，还是明白了杀死三叔的凶手确实另有其人，或者明白了其他更高深的道理。然而，另一方面，我又十分肯定，他和我一样，心思并不在游戏上。我的话引发了他的思考，这就足够了，就算成功，我在心里如此告慰自己。

我们玩了五局，他说饿了，拿出手机叫外卖。我不顾只能喝粥的医嘱，和他吃了熏肉大饼和炸肉串，味道不错，就是咸。其间他没怎么说话，好几次，从他的脸上我又看到了多年前一起学习时那个少年走神儿的模样，我知道是时候离开了。吃完饭，我起身告辞，他指着铁盒子说，这把刀就留给我吧。我没有理由拒绝。

他拎着垃圾，送我下楼。外面空气不好，除了雾霾，还弥漫着一股烧轮胎的焦味儿。

扔完垃圾，他问我，知道这个味儿是哪来的吗？

——哪来的？

——这个院里有个智障，还记得吗？

海洋这么一说，我想起来了，那人和我们一般大，他爸在市场修自行车，他常常偷他爸补胎的胶皮拿出来烧，然后他爸就用皮带抽他。

——这就是他烧的？

他爸前几年脑出血死了，他妈也管不了，他现在天天满大街捡垃圾，塑料瓶子拿去卖钱，找到胶皮就烧掉。说完，海洋不知所谓地笑了笑。

我问，你笑什么？

他说没笑啥，接着连打了两个喷嚏。

我说，行了，你赶紧上去吧，别再感冒了。

他说，行啊，那我就不送你了。

我们拍了拍彼此的肩膀，就此分别。


坐上出租车，我打给欢子，向她汇报情况。欢子问，他什么反应？

挺平淡的，也许已经看穿了我的伎俩。刚才没感觉，现在回想，破绽还是挺多的，不禁有些沮丧。欢子察觉到我的情绪变化，问我，你是不是自己在脑子里复盘呢？没必要，你就当自己是农民，刚刚刨了个坑，种了一粒种子，至于种子发不发芽儿，发芽儿了，长出来的是什么东西，时间自然会给你答案。你现在要做的啊，就是赶紧买机票，赶紧回家，明白吗？我说明白，再明白不过。

一想到即将回到上海，回到欢子身边，我的心情又急切起来。早在从哈尔滨回来的火车上，受到欢子妈妈的鼓舞，我就下定了决心，回上海后，要办一件大事儿，向欢子求婚。为了给她惊喜，我谎称买了晚上的机票，实际上午十点半，便已经坐上了2号线，然后在陆家嘴下车，转了几家商场，花掉一半的积蓄，买了一枚钻戒。

我先给欢子打电话，确认她在工作室，又在工作室外瞄了半天，确定她不在大厅，这才溜进去。前台女孩儿看见我也颇为惊讶，睁着大眼睛说，老板说你晚上才回来。我拿出手机交给她，请她一会儿帮我录像留念。她心领神会，不再多问。欢子正在瑜伽教室里上课，带着五位学员，摆出手臂在前，以臀部为顶点，头和脚作为支点的三角形姿势。这正是我想要的情景，有一种独特的幽默感，欢子肯定也会喜欢。我擦掉手心的汗，做几次深呼吸，开门进去，拿出钻戒，单膝跪到欢子的侧后方，好让她能看到我。我说，欢子老师，咱们结婚吧。欢子的脸红了，但她并没有马上回答。学员们也注意到我，纷纷从属于自己的刁钻角度望向我，有人忍不住笑了，有人替我鼓劲儿说：大点声，没听见。欢子喊：安静，别说话，继续用腹部呼吸，保持核心收紧，再坚持十秒，十，九，八，七，六，五，四，三，二，一，现在调整呼吸，慢慢回到跪坐的姿势。她跪坐到瑜伽垫上，转向我说，刚才没听清，你再说一遍。我向前送了送钻戒，稍微提高音量说：咱们结婚吧。她微微一笑，字

正腔圆地回答：不。我没料到她会拒绝，不知该做何反应。她拉我
起来，推到门外，我才勉强挤出一句，不好意思，耽误你上课了。
她说，钻戒收好，先回家等我，转身回了教室。玻璃门外只剩下我
和前台女孩儿，她拿着我的手机，看着比我尴尬，试探着问我：要
不删掉吧？我装作满不在乎，说，不能删，失败是成功之母，这都
是宝贵的资料。

　　我收好钻戒，拿着行李，逃离工作室。刚开始心里确实不是滋
味儿，但很快我就想通了。算下来，这是我第二次求婚，上一次成
功了，最后是我临阵脱逃。既然我能反悔，凭什么欢子不能拒绝？
爱情和婚姻终归是两回事儿，拒绝我，不代表不爱我，应该只是没
准备好。我的心情又开朗起来，翻出视频看了一遍，自己也被逗笑
了，同时也不禁反思，幽默是幽默，但好像并不浪漫，如果我是欢
子，可能也会考虑拒绝。

　　到家不久，欢子打来电话问我想吃什么口味的蛋糕，我飞速回
想，确定没人过生日，也不是纪念日，才问为什么。

　　——纪念你求婚失败。

　　我说，那得吃个够味儿的，榴梿的吧。欢子哈哈哈笑，说咱俩
想到一块了。你在家也别闲着，做几个硬菜，这几天就我自己，也
懒得做，光吃外卖了。

　　我做了鸡翅，炖了牛肉。欢子带回来一个提拉米苏，还有两瓶
红酒，解释说，因为要喝酒，就没买榴梿的。我问，怎么想起来喝
酒了？这是馋我啊。她一边找开瓶器，一边说，行了，别装了，你

已经破了戒了，咱俩也是时候喝点了。酒这东西吧，有时候也有用处，像催化剂，有些话，不喝点，还真不知道怎么下嘴。我接过开瓶器开酒，问她，啥意思，是要撵我走吗？她说，别瞎猜，先把酒醒上，吃完饭再喝。

吃饭时，我把自己喝酒的经过毫无隐瞒地讲了一遍。欢子说，总结一句话，为了阻止自己和她上床，你把自己灌醉了？我说是，虽然也很丢人，却是事实，有医院的发票和酒店的酒水单可以做证。我想去拿发票，欢子摆手说，不用，我相信你。我说，不管怎么说，都是我辜负了你的信任，我向你道歉。欢子说，我接受，是因为这个才求婚吗？我说不是，是因为你母后。我又讲了讲和她妈妈的对话。她笑着摇头说，你看，这就是我妈的本事，悄无声息地控制你。

吃完饭，撤下碗盘，她切蛋糕，我倒酒，我们继续聊天。欢子问我，你信命吗？我说，半信半疑吧，坏的不信好的信。欢子吃了一口蛋糕，说，我原来一点也不信，但现在信了。我问，是因为五叔吗？欢子说，一方面吧，主要还是因为一个教授，复旦的，叫王德峰，你听说过吗？我说，听说过，哲学小王子吗？在抖音上看到过。欢子点头说，对，我也是在抖音上看到的，就前几天，在一个短视频里，他说如果一个人到了四十岁还不相信命运，那么这个人，可以说是没什么悟性。就是听了他的这句话，我一下子开了窍，脑袋里瞬间闪过一个画面，我把它画下来了，你等一下。她走进卧室，拿出一幅油画，靠墙立到桌子上。画很简单，背景是深蓝

色，上面有四条沿水平方向延展，长短不一，起伏不定，并不交叉
的金线。从上方数，第一条和第三条横贯整个画布，两者中间的那
一条于自己的最低点，在距离画布边缘约十厘米的位置戛然而止。
由这一点垂直向下，越过第三条金线几厘米是第四条的起点，一路
微微上扬，直到画布的尽头。欢子问我，感觉怎么样？我说，能感
受到一种律动。欢子说，那就对了，我想画的就是那种命运的律
动，接着她指着画为我讲解：首先背景是深蓝色，你可以想象这是
生命之河，这幅画呢，是生命之河的一个截图，这几条金线分别是
我们的命运线。这是我妈的，她指了指最上面的一条，她的起始位
置处于相对的高位，下面这两条，分别是我哥和我，受我妈的影
响，我们出发的位置也相对较高，因为总的来说，家庭条件还可
以，然后这一段相对平稳，接着这个低谷，是因为我爸生病去世，
对我妈和我哥的影响更大，我那时候还比较小，不太懂。后来又慢
慢上去了，接着这个低谷是我差点被强奸的时候，对我哥影响最
大，然后这个最大的低谷，是我哥死了，他的命运线也就结束了。
下面这个你肯定也猜到了，是你的。这一点并不是你的起点，而是
和我并线的点，你能理解吧？我说，差不多，这个生命之河也不是
平面的，我之前的线也可能是与这个画面垂直的状态，在这里拐了
一个弯。欢子喝了一口红酒，点头说，对，没错，就是这么回事。
然后，你看，认识你之后，就像我说的，我们开始结伴往上爬。现
在你再单看我这条线，就会发现，其实我一直受到上下两条线的影
响，当然了，实际情况并不是这么简单，在我的线的周围会有无数

条线，组成一个管道，这个管道就是我的命运，但这不代表我的命运是一成不变的，在管道内，我可以忽高忽低，忽上忽下，就像在这两条线之间一样。欢子伸直手臂，模仿波动的形态。我说，所以，其实命运还是可以改变的。欢子连连摇头，说，这其实是一个距离的问题，比如说我这幅画，我们在这儿看，感觉曲线的变化很大，但如果我们去阳台看，可能就觉得没那么大了，如果我们是站在月亮上，假如还能看到的话，整幅画也就是一个点，线都看不到了。另外，距离也分两种，一种是空间的，一种是时间的，所以王德峰才说到了四十岁应该相信命运，因为从时间的角度看，距离正好，差不多可以看清整条曲线的走向了。我说，这么说确实也有道理，我的问题是，这和你拒绝我有什么关系，是因为你看清了自己的命运曲线，里面并没有我吗？欢子晃晃杯子，喝掉剩下的酒，问我，你还记得我当初追你的时候，是怎么说的吗？我被她逗笑了，反问她，怎么就成你追我了？我们是两情相悦好吧。我给她倒酒。她摇摇头说，还真不是，我当时说，没有一见钟情，却有点非你不可的意思，这一句是假话，是我说过的最漂亮，也是最正确的一句假话。我递回酒杯，问，其实是一见钟情？她呷了一口酒，露出歉意的表情，非你莫属才是假话，就当时而言，你完全不是我喜欢的类型。

现在呢？我吃了口蛋糕，又喝了口酒，以掩饰自己内心的慌乱。

——现在回头再想，我依然认为，既不是一见钟情，也不是非你莫属。

想到刚才我们大聊特聊命运，我抱着一线希望问，其实是命中注定？欢子说，算你有悟性，现在再给你一次机会，说说你对婚姻的想法，看看能不能打动我，要是打动我了，我就答应你，咱们就结婚。我心中高兴，说，你真问对了，这几天我一直在想这个事儿，还是你当初那个比喻，我们掉进了山谷，结伴儿往上爬，现在爬到一个地方，发现有一部电梯，我们可以上去，也可以不上去。欢子说，婚姻就是这部电梯。我说是，这部电梯吧，外面看挺好，但其实里面也挺破的，小毛病不断，总要修，速度也不快，不比我俩在外面爬快多少，也不省力，还有往下掉的风险。唯一的好处，就是可以遮点风挡点雨，能有个放东西的地方，还有是就，如果想生孩子，带着也比较方便。欢子点点头说，这个比喻挺好，我挺喜欢。我放下酒杯，掏出钻戒，准备再试一次，欢子拦住我说，但是，我还是要拒绝你。这一次我真的有点被伤到了，盯着她的眼睛问，为什么？她却笑了，说，因为是我追的你，求婚的也应该是我。说着，她单膝跪下去，不知从哪里掏出一枚戒指，举到我面前。

——咱们结婚吧。

——好。

我也跪下去，我们为彼此戴上戒指，互相扶着站起来，重新倒酒，碰杯，拥吻，她拉着我走进卧室，卧室里很黑，我想开灯，被她拦住，她说，你知道吗？即使在完全的黑暗中，我也能找到你，我相信你也能找到我，我们只为彼此开了天眼，这就是我们的关系，比任何爱情都深刻。我们脱光衣服，抱在一起，她身上滚烫，我抱着她，仿佛抱住一团火。

　　第二天，我们去领了结婚证，然后拉着她妈妈和我爸妈建了一个微信群，起名：事情就是这么个事情。欢子直接把证书扔了进去，我妈秒回了一个鼓掌的表情，马上又私下问我，怎么这么突然，是不是怀孕了？我说没有，你想太多了。欢子妈妈回了一个大拇指，随即发来视频邀请。欢子挂断，在群里重新发起。等了一会儿，爸妈他们先后接起来，脸上都挂着略显尴尬的笑容。简单的介绍寒暄过后，欢子说，证书你们也看到了，事情就是这么个事情，我们并不准备办婚礼，如果你们要办，我们也不反对，具体在哪办，怎么办，你们自己商量，告诉我们结论就行，我们全部照办。双方当下表态，都办，一场在大连，一场在哈尔滨，理由是一样的，这么多年送出去的份子钱总归要收一收。

　　很快他们便定下了日子，都是在三月份，大连月中，哈尔滨月末，算起来还剩三个月，他们着急，我和欢子也被他们催着动起来，买衣服，拍婚纱照。除此之外，生活照旧，欢子继续教瑜伽，我一边帮田仙一修改小说，一边接了一个网剧的项目，缓慢地向前推进。偶尔会想起海洋，点开他的微信对话框，却想不出能说点什么。过了一个多月，三婶儿打来电话，先是恭喜我，接着说起海洋，她的语气也是游移不定，今天上午，他来找我了，我们聊了挺多的，他说他想通了，不想在家待着了，准备出去玩去，他有辆摩托车，你知道吧？我说知道，三婶儿叹气：他说他准备骑着摩托车去全国旅游，我也不知道这算是好事儿，还是坏事儿。我说，您要是问我的看法，我觉得是好事儿，读万卷书不如行万里路嘛，不瞒您说，如果条件允许，我也想去。三婶儿说，我不是不想让他去，主要是担心摩托车不安全，我劝他开车去，想要啥车，我给他买，可他非要骑摩托，那辆摩托车是二炮送的，你也知道吧，想想我就觉得硌硬，又不能说啥，感觉上好像是你的那个办法成功了，他又认二炮是好兄弟了，哎，三婶儿叹气。听她这么说，我既高兴，又伤感。和欢子商量了一下，在网上挑了一个安全系数最高的头盔给海洋寄了过去。几天之后，海洋发来一张戴着头盔的自拍照。我回安全第一，他没再说话。从那天起，他每天都会发一张自己骑行的照片到朋友圈，算是给关心他的人报平安。时间长了，照片里不再是他孤身一人，有时候是两个，有时候是三个，最多的时候有过九个人，开始面孔换得比较快，后来则趋于稳定，很长时间都是五个人，但随着春节临近，人数又开始减少，最后只剩下两个。除夕当晚，他给我发了一张和同伴坐在篝火旁的照片，接着又发来一段视频，对着镜头说：哥们过年好啊，摩托车坏了，给我转五千块钱救急。我给他转过去，他很快收款，再次沉默，又发来消息已经是在大连的婚礼当天，视频中天很蓝，能看见远处的沙漠，我和欢子猜是在新疆。他说，老弟、弟妹新婚快乐，很遗憾不能参加你们的婚礼，我们骑行的终点是上海，到时候再去看你们。视频传了一圈，大伯、四叔、五叔和湘湘纷纷劝慰三婶儿，看着状态蛮好，不用担心。

婚礼可以用毫无特色来形容，来的客人有三分之二我都不认识。仪式开始前，欢子小声说，感觉我俩就像是演员。我说，我要演一个诗人。轮到我讲话时，说完了常规的感谢套话之后，我说，今天我还要特别感谢一个人，他叫田仙一，是我媳妇儿的哥哥，我的大舅哥和好朋友，同时他还是一名诗人，因为去天堂出差了，没能来到现场，为了纪念他，我想在这里念一首他的诗，诗的名字是：《我们为什么相聚》。


我们为什么相聚？

因为寒冷和饥饿，黑夜太漫长，

剑齿虎太猛，猛犸象太壮；

因为沼泽随时会张开大嘴，

路的尽头不是峭壁，就是沙漠，

一望无际。


我们为什么相聚？

因为要修筑长城，

或者是一场旷日持久的战争，

当胜利到来时，我们就像一群洁白的白鸽，

和平也是我们聚在一起的理由。

或是一次大丰收，

我们将金黄的麦子酿成酒，

在酣甜的梦里，继续追寻真理。


我们为什么相聚？

因为地铁，公交，飞机，或者轮船，

总会有一个目的地，

办公室，餐厅，酒店，按摩院，或者旅游胜地，

我们聚在一起，像是一台机器，

轰隆隆，向更远的地方驶去。


我们为什么相聚？

因为爱情，也因为死亡，

可以是婚礼，也可以是墓地，

我们谈论一切，

偶尔缄默不语。


我们为什么相聚？

在一起时，从未思考这个问题，

分别后，看见月亮

仿佛是夜晚的一滴泪。

念完最后一句，就像有一阵风从心底吹过去，我起了一身鸡皮疙瘩。身旁的欢子抹了抹眼角，带头鼓掌。下台后，欢子说，你念诗的时候，感觉我哥也在现场。

明明找我，眼圈发红，说写得真好，让我把诗发给他，他要留着，等他和嫂子复婚时，念给嫂子听。

婚礼结束，我们在大连休整了几天，又赶往哈尔滨，大差不差的程序，再来一遍。送走宾客，我和欢子回到酒店房间，痛快地睡了一下午。当晚，我们两家五口人合成一家，第一次安安静静地坐到一起吃饭。欢子妈妈好像有心事儿，几次欲言又止。我妈憋不住事儿，问，那啥，亲家母，你是不是有话要说啊？都是一家人了，想说啥就直接说。欢子妈妈看向欢子问，确实有两个小建议，能说吗？欢子说，您请讲。

那我就说了啊，欢子妈妈放下筷子，看向我，又犹豫了片刻，我就直接说了，也不委婉了，我认为你还是应该找一份稳定的工作。

我被打了个措手不及，也无法反驳，只好敷衍说，我回去找一找。

找什么找，欢子说，不找，这个问题过了，下一个。

我爸怕欢子妈妈面子过不去，帮着打圆场说：我觉得你妈妈说得对，该找还是要找，我回头也让朋友帮着看看。

欢子说，您不了解我妈，一般这种情况，第一个问题都是幌子，回不回答无所谓的，主要是为了让人内疚，然后你就会因为内疲而答应她的第二个问题。

欢子妈妈不为所动，说，就是一个小建议，不强求。

那第二个呢？我妈笑着问。

——你们也知道，我儿子去世了，我想让欢子的第一个孩子姓田。

不行，欢子早有准备，态度不卑不亢，这个你无权决定，而且你这属于道德绑架了。

她妈妈不理她，看我妈。我妈经验老到，脸上始终挂着笑容，干脆回答：我没意见，听他们的。说完看我，我爸跟着看我，面沉似水。

我对欢子说，这就电梯的坏处。欢子说，你来修吧。

我同意。话音刚落，桌子下面有人踢了我一脚，不用看也知道是我爸。

是女儿才姓田，欢子补充说，我哥喜欢女儿。

吃完饭，我和欢子出门散步，欢子说，刚才这事儿是我妈临时出么蛾子，我事先可不知道，你得跟爸妈解释一下，别让他们以为我和我妈是唱双簧呢。我给我妈发微信，简单说了说，末了不忘赞美她思想开放，顾全大局，心怀天下。我妈回了一个哈哈哈的表情，接着发语音说，我正开导你爸呢，已经把他说服了，都是你孩子，姓啥不重要。再说了，欢子这么重感情，如果第一胎是女儿，肯定会再生，是好事儿。我放给欢子听，欢子感叹，老谋深算，感觉上了贼船。

　　说来有趣，冥冥之中，我们的孩子好像也在等着这个决定，从哈尔滨回上海不久，欢子便怀孕了。海洋又传来消息，说他到上海了，正在和几个朋友筹备开家咖啡馆，特别忙，先不找我们，另外我那五千块钱就直接入股了，虽然很难有分成，但咖啡终身免费，当然了，是咖啡馆的终身。我继续写小说，继续戒酒，欢子说，这两件事儿就是我一辈子的事业。田仙一的短篇小说接连发表了四篇，我又看到希望，再次联系了几家出版公司，行情依旧不好，尤其是短篇集，出版仍需等待。

　　转眼到了夏天，欢子的肚子一点点鼓起来。海洋给我发微信说，咖啡馆已经开业了，在永康路，叫"7缸"，名字缘起于四个合伙人的摩托车加起来一共有七个缸。他现在每天要看店，送外卖，更忙了，所以只好邀请我们去看他，顺便领取我们咖啡终身免费的福利。因为各种原因，我们拖了一个月。田仙一祭日的那天，我们开车去了宁波，看了看海，吃了海鲜，下午回来，在高架上，欢子突然说，要不我们去海洋的咖啡馆坐坐吧。

　　永康路上不好停车，我们把车停到附近的小区，然后走过去。因为是周末，街上人很多，路边停了很多摩托车，各式各样，大的小的，红的黑的，供路人们拍照，机车手们就坐在路边的店里，喝咖啡聊天。"7缸"门口停了三台摩托车，店面不大，已经坐了五六个人，显得有点拥挤。海洋站在里面做咖啡，看见我们热情地和我们打招呼，出来和我们拥抱。他的外貌大变样，留着寸头，黑又瘦，但看着很结实，眼睛闪闪放光，如果继续用匕首做比喻，毫无疑问，锈迹已经磨光了。我们说话时，外面有人喊，警察来了。海洋拿起头盔，说你们先坐一会儿，不能走啊，晚上一起吃饭。我出去遛一圈，这里不让停摩托车。我们跟着他出去看热闹，其他机车手也纷纷从店里跑出来，跳上自己的摩托车。一时间街上轰鸣不断，摩托车像一群鱼，紧张有序地游向岔路口，四散而去。海洋出发前，向我们挥挥手，说谢谢你们。那一刻，我明白他是真的明白了。

没有了摩托车，街上显得有点落寞，我和欢子坐在刚才机车手的位置喝咖啡。欢子指了指对面不远处的一家西餐厅说，我和我哥最后一次见面就是在那，他约我吃饭，想给我介绍对象，为此我们吵了一架，其实也算不上吵，就是说话不太投机。我当时有男朋友，就是扎你的那个，他不喜欢，想让我和他分手，再给我介绍一个。他说他的朋友一会儿就来，我就赶紧走了。我说，我和他最后一次见面也是在那，除了喝酒，什么也没干。

我已经开始忘记他了。欢子感叹。

我没说话，拉住她的手，紧紧握住，沉默中，我们像喝酒一样慢慢喝咖啡，咖啡的味道不错，偏酸，回甘明显，在后鼻腔里徘徊萦绕，久久不散。

警察并没有出现，很快，摩托车陆续开回来，街上又恢复了刚才的热闹。

## 附录：《功夫小镇》后半篇

那之后，他便从小刘变成了老胡，大名叫胡志勇，家里有两间平房和一个院子，里面种满了蔬菜。还有一只狸花猫做伴儿，他给猫改名叫"东方不败"，猫好像并不买账。每个月的退休金是3200元，他拿出1000给阿万爷爷，作为学费，天天跟他练功夫。半年后，他已经基本适应了小镇的生活，唯一的牵挂是家乡的老父亲。阿万爷爷安慰他，不用担心，外面的小刘会以亲儿子的身份替他赡养老人，这也是小镇不成文的规定。

很快，他从手机上看到了小刘的消息。人家在短视频平台上注册了账号，每天发模仿功夫电影的短视频，已然成为炙手可热的网红。阿万爷爷看了说，他的成功有你一半功劳，多亏了你的长相，我们当时都看好你，别说网红了，弄不好，还会成为电影明星呢，到时候我们也能沾点光。他不懂，问为啥？阿万爷爷说，到时候你就知道了。

转眼又过了几个月，马上到中秋节，镇上来了一个年轻人，自称是小刘的助理，指名道姓找老胡，管他叫二舅，说是小刘最近太忙，刚接了一个动作电影的角色，分不开身，只能派这个小助理来看望他。他明白，这个小助理是小刘找来的"皮囊"，但他不懂要怎么操作，只好问阿万爷爷。阿万爷爷说，简单得很，留他看明天的比武大赛，其他的不用你操心。

第二天，比武大赛如期举行，老胡也报了名，海选阶段即被淘汰。阿万爷爷则根本没参加，理由是不喜欢小助理的长相。这就是第二次投胎，第一次不能选，这次肯定要选一个自己喜欢的。老胡好奇，问阿万爷爷，那你喜欢什么类型呢？阿万爷爷答，这还用问，当然是越帅越好，越年轻越好。

"移魂"后的小助理又回到了小刘身边，不久也成为网红。又过了半年，小刘参演新的电视剧，小助理也获得一个角色。老胡渐渐明白了阿万爷爷所说的沾点光是什么意思。

这期间，老胡离开过小镇两次，去看望自己的父亲。在他还是小刘，或者说，还是他父亲的儿子的时候，他们的关系并不好。他父亲是一名矿工，也许是因为成天看不见阳光的关系，性格也比较阴郁暴躁，小时候没少了揍他。但他父亲有个优点，对他母亲很好，从来不欺负他母亲，后来为了给他母亲治病，借了很多外债，也毫无怨言。母亲去世后，他父亲比以前更加愤世嫉俗，和他的交流也越来越少。为了帮父亲还债，他初中毕业便进城打工，每个月只在发工资给家里转钱时才打一次电话。父亲偶尔会抱怨他没出息。他想看看，现在"自己"出息了，父亲会是个什么状态。

他父亲依旧住在老房子里，看上去比以前快乐，每天的消遣就是去广场打扑克，为了一块钱的输赢，和以前的工友们吵个没完没了。有工友讽刺他，你儿子都那么有钱了，你咋还这么抠呢？他父亲扯着嗓子自豪地回答：我愿意，你能咋的？老胡站在围观扑克的老头里，假装看热闹不嫌事儿大，跟着起哄说，有钱有啥用，也没见他回来看你。他父亲狠狠瞪他，指着他的鼻子骂：你懂个屁，只有窝囊废才整天窝在家里，一看你儿子就是窝囊废。从小到大，这还是老胡第一次听到父亲为自己说话，开心之余，又有点失落，毕竟父亲指的儿子已经不再是自己。但很快，他又释然了，谁是儿子谁是爹并不重要，重要的是父亲过得快乐。

回到小镇，他继续练功。又过了三年，功夫有了十足的长进，在最近的一次比武大赛上成功打进第三轮。阿万爷爷给他泼冷水，别得意，轮到你，还早着呢。外面的世界里，小刘已经走向国际，成立了自己的影视公司，自己做了老板，俨然成为镇上很多老头的偶像。

转年，来的"皮囊"有点特殊，是个知名的年轻富豪，虽说年轻，也已经近四十。还有就是他的身体状况，几年前便传出患了重病，当时公司还出面辟谣，现在见了真人，证实传言是真的。富豪也不遮掩，直言自己是小刘的朋友，是经过小刘的运作和推荐来的，就是想拿钱换命，得到他身体的人可以得到他现在拥有的一切。另外，据小刘推测，移魂术很可能会治好他的身体，这个不确定，大概五五开。最后，富豪总结说，就跟投资一样，自愿入局，风险自负。这种事儿之前也发生过，大多数老头都嗤之以鼻，但也有几个人感兴趣，老胡就是其中之一。问阿万爷爷意见，阿万爷爷讽刺他，没看出来啊，你这么贪财，要钱不要命啊。他难为情，解释不是贪财，是好色，富豪的妻子是一位女明星，是他的梦中情人，以前想也不敢想，现在居然能一步到位，直接成为她的男人，他想争取一下。阿万爷爷感叹，色字头上一把刀，你这个理由，感觉有点凶险呢。老胡说无所谓了，既然是投胎，其实都是赌博，就像当初的阿万，选的身体没问题，出去没多久还不是死了。阿万爷爷问，既然你已经拿定了主意，我能帮你做什么呢？

接下来的比武大赛，出乎很多人的意料，阿万爷爷也参加了，击败了实力最强的一个对手，成功与老胡会师决赛，并惜败在他的手下。移魂术比老胡预想得简单，但发功后，交换的过程则比他想象得更加痛苦，仿佛在地狱的烈火中走了一百零八遍，最终才得以上岸，进入富豪的身体。阿万爷爷送他上车，嘱咐他别忘了约定的酬金。离开小镇，老胡让司机直接将他拉到医院，做了全身检查，很幸运，移魂术居然真的治好了他的病。当晚他便回到了自己家，见到了自己的明星妻子。对于他已经痊愈这个好消息，他的妻子毫无兴趣，装也懒得装一下。他当即就明白了，在"自己"生病的这几年，"自己"的婚姻已经走到了尽头。

——你说等你回来就离婚，我希望你能说话算数。

妻子推来离婚协议书。

他认真看了看，最主要的一条，妻子不要任何财产，只要孩子。他暗自猜想，看来富豪对待妻子并不怎么样嘛。

这个我不能签。他推回协议书。

我就知道，你就是想折磨我。妻子拿起协议书，扔到他脸上，转身就走。

——等一下，我的意思是，我们可以离婚，但条件要重新谈。

不可能，妻子瞪他，儿子必须跟我。

——这个没问题，我说的是财产。

妻子想了想，咬咬牙说，我最多能给你五百万，我毕竟还要养孩子，你也别太过分。

我说的是我的财产，他笑了，虽然自己看不见，但他十分确定，这是他一生中笑得最有魅力的一次，你说得没错，毕竟你还要养孩子，所以，我理应要分一半财产给你。

妻子愣住，像看怪物一样看他。

——没必要，我能养活自己，不用你可怜我。

——我坚持，不是可怜你，是尊重，是你应得的。

他看到妻子眼中闪过泪光。有那么一刹那，他感觉自己也是一名演员，影帝级别，正在和明星妻子演一场言情戏。

妻子坐回来，平复情绪，抹掉脸上的表情，问他，说吧，条件是什么？肯定有条件，对不对？

——条件很简单，听我讲一个故事。

——听你讲故事？

看着妻子吃惊的样子，他肯定地点点头。

——行，那你现在就讲吧。

——我饿了，咱们一边吃一边讲呗。

他叫了烧烤外卖。妻子给律师打电话，安排起草新的离婚协议。等外卖到了妻子诧异，问他，你不是不吃这些垃圾食品吗？

——那是以前。

他又让妻子取来一瓶最贵的红酒，就着烤串，味道还不错。

他的故事就是他的亲身经历，如何去了功夫小镇，被人换走了身体，自己又如何换到了现在的身体。听他讲完，妻子沉默了。

简单说……他想进一步解释，被妻子打断。

——我听懂了，就是说，身体虽然还是他，但意识已经不是他的意识了，就像穿越了。

——没错。

——可是，你怎么证明呢？

——我已经证明了，他不会分你财产，我会。

妻子摇摇头，找出纸笔递给他。他明白，是想看笔迹。他写了自己的名字。妻子看了，说果然不一样了，然后抬眼打量他，目光炙热，带着一股狠劲儿，好像看仇人一般，烤得他浑身冒火。

我说的都是真的。他避开妻子的眼睛，去倒酒。

我还有办法，试试就知道了。说话间，妻子已经走到他近前，双手搭到他的肩膀上。

整个场面只能用疯狂来形容。

结束后，妻子露出了胜利的笑容，说我相信了，你的故事。

——你知道吗？他那个人吧，控制欲和疑心病都特别强，我每次去拍戏，他都怀疑我会和男演员出轨，今天我总算出轨了，没想到是和他自己。

我希望你能留下来。他找准机会，说出了自己的愿望。

妻子警惕地看向他，问，你不会是反悔了吧？

——当然没有，我只是问问，心存侥幸。

你应该是个好人，妻子笑笑，但我就是个普通人，没有火眼金睛，所以，你懂的，我只能看到表面……妻子在他脸上比画一圈，对不起。

他心中惆怅，但还是故作平静，点点头表示理解。

律师传来新的离婚协议，妻子打印出来，给他过目，他看了一遍，签了字。两人礼节性地握手，他送妻子下楼，临别前，妻子意味深长地对他说，谢谢你，请做好你自己。

看着妻子的轿车远去，他感觉到从未有过的空虚和茫然，不禁反问自己，自己到底谁？是小刘，是老胡，还是现在的富翁？他一边思索，一边在自家的院子里散步。不知不觉天光已经微亮，鸟儿啾啾鸣叫，空气清新，正是练功的好时候。他脱掉外衣，在院子里打了一套洪拳，微微冒了点汗，心里也沉静了许多。他回想最初，想到阿万教自己功夫的时光，想到有一次闲聊天，他问阿万，功夫的最高境界是什么？阿万毫不犹豫地回答：是自由。当时不懂，现在他多少悟到一点皮毛，自由不仅是功夫，也是人生的最高境界。从此以后，他既不是小刘，也不是老胡和富翁，而是一个新人，一个自由的人。

当然，他也明白，无论是练功，还是生活，只有付出，才有回报。通往自由的道路不会一帆风顺，还有无数的意外和琐事需要处理。比如现在，他首先要做的就是回房间洗个澡，睡一觉，然后元气满满地迎接新的一天，迈出奔向自由的第一步。

## 后记：回东北去

粗略算来，我已经有七八年未踏足东北。上一次准备回去，是去年冬天，计划滑雪，最后因为疫情不了了之。也是去年，参加了一个上海类型小说作家自发组织的"吐槽"会，每个月聚一次，"吐槽"一位作家的作品，众多作家中只有我是东北人，轮到我的小说，一位朋友问我，你为什么不用东北话写作，写东北的故事？我当时回答，因为离开太久了。后来细想，意识到离开太久只是表面理由，更深层的原因是我刻意地回避与逃离着故乡，至于为何如此，直到遇见一位开滴滴的老乡，才想透彻。

那天是去一家影视公司开编剧会，滴滴司机的东北口音很明显，便多聊了几句。他来自齐齐哈尔，原来在老家开网吧，由于疫情，不仅无法正常营业，还要应付各种检查，无奈之下，决定关店，出来挣点活钱儿。先是去了大连，本来准备再去海口，中途到上海见朋友，朋友做滴滴，他觉得挺好，便留下试一试。话到此处，他忽然紧张起来，问我，你不是去市里吧？我一时没反应过来，说，我们就是在市里啊。他解释说，不是这个市里，是那个市里，就是市中心。我猜他指的应该是内环，问他，去那儿怎么了？他叹气说，那里路太乱了，容易违章，违章就会罚钱，昨天被罚了二百，一天全白干了。我说，不是有导航吗？他说，没用，有时候等到导航说了，再变道就晚了。说话间，导航提示走最左侧车道，他赶紧打方向盘，连着变了三条线，我吓得迅速拉上安全带。下车前，我忍不住劝他，怕没有用，还是要去市里，叫车的人也多。他面露难色，说再等等吧，我先在外面练练，适应适应。

东北于我而言就像他的"市里"，他想去，怕被罚钱，我想写，怕写不好，总之就是又爱又恨，故而才会远离，在外围磨炼技艺，等待着有一天能够在梦想之地自由游走。只不过，他用汽车，我用文字。总归他占了便宜，因为有导航，标准又固定，只要不走错路，安全将客户送达，赚到钱，就算成功。

说起磨炼技艺，除了写小说，我还写剧本。如果说写小说，是在生自己的孩子，那么写剧本，就像是代孕，孩子命运永远掌握在别人手中。半路夭折，不是没有，更常见的是怀胎几个月，要求从头再来。而且妊娠期不定，像哪吒一样，需要孕育三年，也不是全无可能。最后，能生下来就是成功。如此折腾过来，犹如西天取经，经了九九八十一难，不仅笔力渐长，见识阅历也更加丰富，对于小说创作也是助力，但是否已经具备了书写故乡的能力，仍旧无从判断。直觉告诉我，我需要的是一个契机。

后来，契机出现了，因为上海疫情，一位多年未联系的老友突然想到了我，给我发来微信，询问我的境况。那个时刻，他仿佛是一个邮差，带来的不仅是他自己的，还有来自遥远故乡的问候。我逆着时光，回望我和他在东北小城生活的岁月，发现很多记忆已经接近模糊发黄的边缘，如果再不去捡拾，就会永久失去。于是我知道，是时候了，回东北去，写一个关于东北、关于故乡的小说。

写作过程永远是孤独的，永远没有同行者，甚至小说人物最终也会找到自己的语言和归处，与作者背道而驰。随着情节展开，小说的主人公几经周折终于回到了东北粗犷辽阔的土地，我也意识到，其实在当初离开的时候，我既得到，同时也失去了故乡。我的归乡之旅与其说是寻找，不如说是创造，我笔下的东北小城既是实体也是虚像。回东北去，恰如写作本身，于我而言，已经成为一场没有终点的冒险。

2022年11月

定稿于上海